딸이 아니라 엄마 나를 좋아한다고?!
2
노조미 코타 nozomi kota
일러스트／기우니우 giuniu

MAMA LOVE?!

contents

MAMA LOVE?!
You like Mama
Not
my Daughter
?!

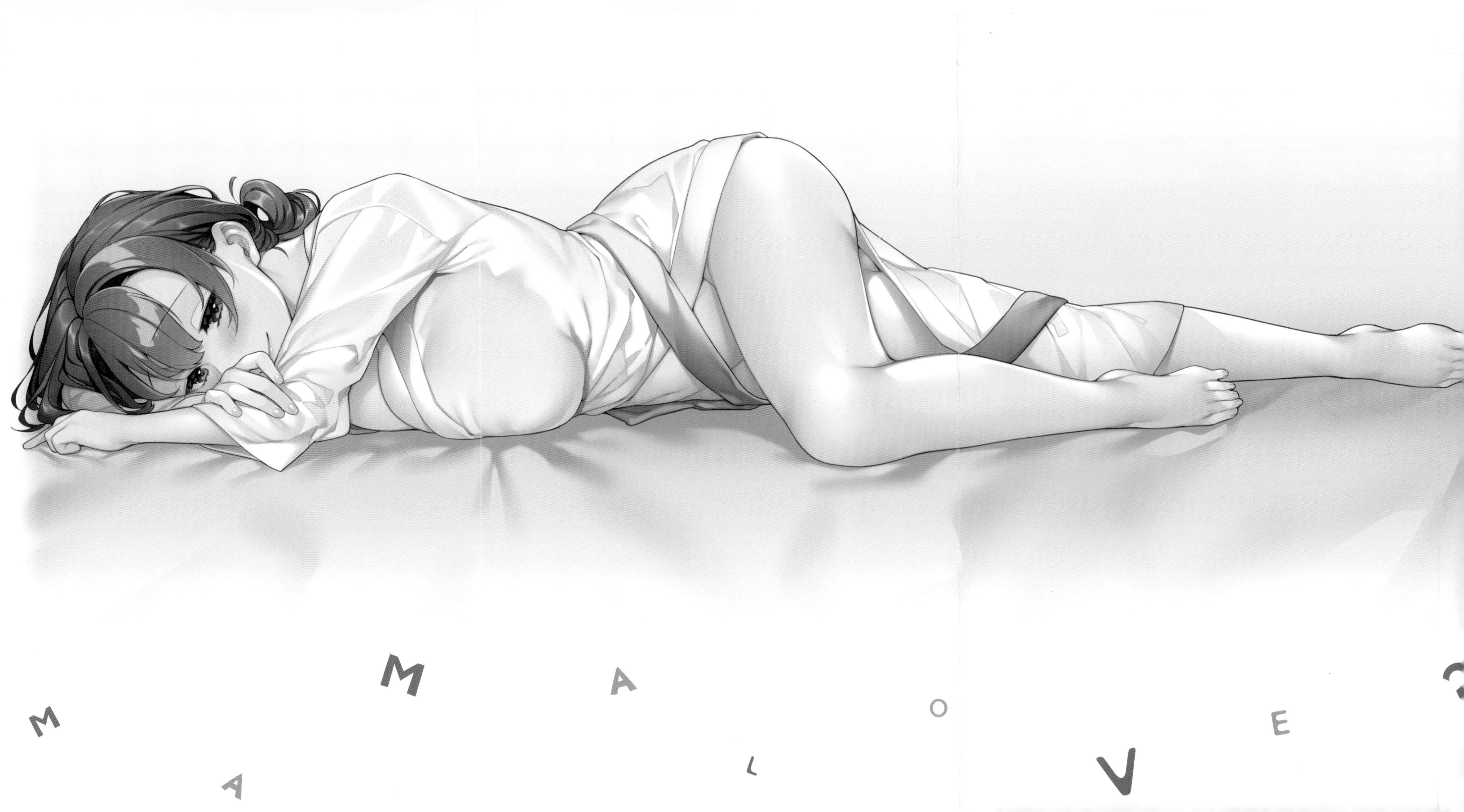
MAMALOVE

2
엄마
딸이 아니라 나를 좋아한다고?!
You like Mama Not my Daughter?!
노조미 코타
nozomi kota
일러스트／기우니우

커버 · 컬러내지 · 본문 일러스트
기우니우

프롤로그

♠

데이트 신청 방법을 몇 번이나 연습했는지 모른다.

수십 번, 수백 번……. 어쩌면 천 번이 넘었을지도 모른다.

카츠라기 아야코 씨.

옆집에 사는 소꿉친구——의 어머니.

갑작스러운 사고로 부모님을 잃은 소녀를 거둬 딸로서 키우는 여성.

나는 그런 그녀를 10살 때부터 짝사랑하고 있다.

10살 때부터 10년 동안, 계속——.

마음을 전하지 못하고 끙끙 앓는 사이에 이런저런 어필 방법은 생각했다.

데이트 신청법 또한 그중 하나다.

마음에 품은 상대에게 어떻게 데이트를 신청할까. 지난 10년 동안 계속 연습했다.

어쩌면 그건 연습이라기보다는 망상에 가까웠겠지.

다양한 구실. 다양한 시추에이션으로 망상해봤지만—— 결국 실행에 옮긴 적은 단 한 번도 없었다.

데이트 신청 멘트를 궁리하며 스마트폰을 두드려놓고도 전송 버튼을 누른 적은 없다.

"……하아."

이른 아침, 역으로 향하는 길.

신호를 기다리는 동안 나는 스마트폰을 한 손에 들고, 깊은 한숨을 쉬었다.

스마트폰 화면에 떠 있는 것은 메시지창.

상대는── 아야코 씨.

이미 보내버린 메시지는,

『안녕하세요.

아야코 씨, 건강해 보여서 다행입니다.

안심했어요.』

그런 틀에 박힌 인사말.

최근 그녀와 이런저런 일이 있었다.

간단하게 말하자면…… 그, 내가 고백해버렸다.

좋아한다고.

사귀고 싶다고.

10년 동안 계속 숨겨왔던 마음을 털어놓고 말았다.

그 결과…… 뭐라고 해야 하나. 완전히 파란만장, 혼돈, 대소동.

표면적으로 무언가가 크게 바뀐 것은 아니지만── 그래도 분명 그녀의 내면은 아수라장이었을 것이다.

10살 때부터 알고 지낸 소년이── 아들 같은 존재라고만 생각했던 아이가, 좋아한다고 했으니까.

내 고백을 받은 아야코 씨는 정말 노골적으로 당황했다. 보는 내가 걱정될 정도로 혼란스러워하며 난처해했다.

내가 자신을 좋아한다는 걸 눈곱만큼도 눈치채지 못했던 모양이다.

숨겨두었던 마음은 전혀 전해지지 않았다.

기쁜 것 같기도 하고 허무한 것 같기도 하고, 참으로 복잡한 기분이다.

하지만.

이미 10년 동안 품어왔던 마음은 전했다.

전하고 말았으니까── 우리는 다시는 이전의 관계로는 돌아갈 수 없다.

그냥 사이좋은 이웃사촌으로 지낼 수 없게 되었다.

친구인 링고 사토야 왈, '고백은 인간관계를 파괴하는 폭탄. 잘 풀리면 좋지만, 실패하면 남을 끌어들여서 사고 내는 것이나 마찬가지'라고 했는데 정말 그 말대로 이루어졌다.

고백한 뒤로 나와 그녀의 관계는── 확 바뀌었다.

마치 폭탄을 떨어뜨린 것처럼.

내 이기적인 호감에 그녀를 힘껏 끌어들이고 말았다.

우리 두 사람 사이에는 거북한 듯 민망한 듯 독특한 긴장감이 생겨났고, 점점 주위를 끌어들였고…… 그리고 한 번 단호하게 차이는 형태가 되기도 했지만── 그래도.

이런저런 일을 겪고 '보류'라는 대답을 받았다.

아직 마음의 정리가 되지 않았으니까 조금 시간이 필요하다고.

나쁘게 말하자면 결론을 내리는 걸 미뤄버리는 대답이 되는 건지도 모른다.

하지만 나는── 기뻤다.

터무니없이 기뻤다.

아직 그녀를 좋아해도 괜찮다는 것이──.

그리고.

20살이 된 5월, 영화관에서 '당분간 현상 유지' 같은 대답을 받았다.

그다음 날. 아침에 여느 때처럼 아야코 씨의 집에 가서 그녀와 헤어진 뒤 조금 전의 인사 같은 메시지를 보냈다.

한 번은 망가졌던 관계를 회복하고, 일단 평소처럼 가까운 관계로 돌아간 것에 안도와 감사를 전하고 싶었다.

하지만.

"으음~~."

이어지는 문장을 보낼지 말지 갈등하느라 내 손가락은 정지한 상태다.

『아야코 씨, 이번 주말에 뭔가 일정이 있으신가요?
만약 아무 계획도 없다면
둘이서 어딘가에 놀러 가지 않겠어요?』

문장 자체는 어젯밤에 생각해두었다.

임시보관함에 있던 문장을 붙여넣고 이제 보내기만 하면 되는 타이밍에—— 마지막 전송 버튼을 누르지 못하고 있었다.

어, 어떡하지……?

역시 이런 건 불편할까?

어영부영 너무 치고 나가는 걸까?

하지만…… 고작 하루밖에 안 지났잖아? '너무 성급했으니까 앞으로는 조금 더 천천히 가겠습니다.'라고 선언한 직후인데…… 갑자기 이런 제안을 하는 건 규칙 위반일지도——아니!

반대로 그렇기 때문에…… 지금이 적기인 게 아닐까?!

나는 '천천히 가요.'라는 선언과 동시에 '좋아해 주시도록 노력할게요.'라는 선언도 했으니까 오히려 여기서 몰아치듯 어프로치하는 게 좋은 게 아닐까? 아니, 하지만, 그렇지만…… 역시——.

"——타쿠 오빠, 엄마에게 연락하는 거야?"

"으억."

신호가 바뀐 뒤에도 전송 버튼을 누를지 말지 스마트폰을 힐금힐금 쳐다보면서 혼자 고민하고 있었더니 옆에서 목소리가 날아왔다.

황급히 스마트폰을 숨겼다.

카츠라기 미우.

내가 반한 여성——의 외동딸.

직접 피가 이어진 건 아니지만, 아야코 씨에게는 사랑해 마지않는 외동딸이다.

나와의 관계는…… 일단 소꿉친구라고 할 수 있겠지.

미우가 고등학교에 입학한 뒤로는 역까지 가는 길이 겹치기 때문에 매일 같이 역으로 간다.

"뭐, 뭐야 미우. 남의 스마트폰 훔쳐보지 마."

"둘이서 걷는데 자꾸 스마트폰을 보는 사람이 잘못한 거지. 그보다 '둘이서 어딘가에'라는 게 보였는데…… 혹시 엄마에게 데이트 신청한 거야?!"

아무래도 제법 제대로 훔쳐본 모양이다.

미우는 희색이 만연한 얼굴로 나를 추궁했다.

"와, 제법이잖아? 팍팍 들이대는구나. 적극적이야~."

"……놀리지 마. 그보다 아직 안 보냈거든."

"어? 왜? 왜 안 보내?"

"왜냐니…… 그야 이래저래 생각할 게 있으니까 그렇지."

"에이, 뭐야 그게. 완전 허당이잖아."

"……허당이라고 하지 마. 어른의 연애에는 이런저런 계산이라는 게 있다고."

"부모님이랑 같이 사는 대학생이 어른의 연애 같은 소릴 해봤자."

"큭……."

"애초에 타쿠 오빠는 연애 경험치 0이잖아. 솔로 경력이 곧 나이인 스무 살이잖아."

"윽, 으윽……."

고등학생에게 뼛속까지 털리는 대학생이었다.

"뭐, 그렇게 우울해하지 마. 연애 경험치가 없는 건 계속 엄마를 좋아했던 게 원인인 셈이니……. 게다가 우리 엄마도 어른의 연애를 안다고는 빈말로도 못 할 테고."

침울해하는 나에게 격려하는 건지 아닌 건지 알 수 없는 말을 한 뒤,

"아무튼── 데이트를 신청할 거면 빨리하는 게 좋아."

미우는 그렇게 단언했다.

"엄마가 귀찮은 소릴 하는 바람에 결국 지금 두 사람은 어중간하고 흐지부지한 상태니까. 타쿠 오빠 쪽에서 팍팍 치고 나갈 수밖에 없어."

"그, 그야 그렇지만……. 그래도 이래저래 사정 같은 게 있잖아. 데이트 신청은 거절하는 쪽도 스트레스일 테고. 그리고 아야코 씨는 착하니까 속으로는 싫어하면서도 날 위해 억지로 맞

춰주실 것 같은 느낌도 들어……. 무, 물론 적극적으로 어프로치해야 한다는 건 아니까, 그렇기 때문에 타이밍을 제대로 가늠해서——.”

“……아, 진짜 답답해 죽겠네!”

미우가 짜증 난다는 듯 소리친 뒤 몸을 내밀어 내 스마트폰을 빼앗으려 했다.

“내놔! 타쿠 오빠가 못 보내겠다면 내가 보내줄 테니까!”

“무슨……! 미, 미우. 하지 마!”

“구질구질 고민해봤자 시간 낭비야! 맹렬하게 들이대! 우리 엄마는 무지막지 쉬운 여자니까 계산 같은 건 필요 없어!”

“너…… 자기 엄마를 쉬운 여자라고 하지 마.”

“타쿠 오빠는 냉큼 1박 2일 데이트라도 신청해서 자빠뜨리란 말이야! 그렇게 하면 전부 원만하게 해결되니까!”

“뭐가 원만하다는 거야! 그리고 고등학생이 공공장소에서 그런 소리 하는 거 아니야!”

그렇게 몇 초 동안 스마트폰 쟁탈전이 펼쳐졌다.

“……응?”

미우가 눈을 가늘게 뜨고 의아해하며 물었다.

“타쿠 오빠, 그거—— 이미 보내지지 않았어?”

“어? ……어어?!”

화면을 확인한 나는 경악했다.

전송 버튼을 누르기 직전에서 멈춰있어야 할 화면이―― 어째서인지 전송 완료 화면으로 바뀌어 있었다.

"마, 말도 안 돼……. 무슨 일이 일어난 거야……?"

"아까 스마트폰을 숨길 때 실수로 누른 거 아냐?"

"아, 아아……."

"아니 뭐, 그래도 결과적으론 잘됐네. 축하해."

"뭘 축하하는 거야……. 어, 어떻게 하지? 이거……."

보내버린 메시지에는―― 이미 읽음 표시가 떠 있었다.

읽어버렸다면 이제 와서 어떻게 수습할 수가 없다.

이 메시지는 이미 아야코 씨에게 전해졌다.

내 데이트 신청을――.

"어떡하지……, 어떡하지."

"으이구, 왜 그렇게 당황하는 거야?"

믿어지지 않을 만큼 동요해서 비지땀을 흘리기 시작하는 나를 보고 미우가 기가 막힌다는 목소리로 말했다.

"어차피 언젠가는 할 생각이었는데, 그게 지금이 된 것뿐이잖아."

"……아니야, 아니라고. 데이트 신청을 한다고 해도 마음의 준비라는 게 있잖아. 애초에 나는 아직 아무런 계획도 세워놓은 게 없――."

그때.

손안에 있는 스마트폰이 부르르 떨렸다.

스마트폰 화면에—— 아야코 씨가 보낸 답장이 도착해 있었다.

『그래.』

고작 한 마디.
너무나도 심플하고 담백한, 긍정을 뜻하는 두 글자.
그래?
어라? 그래라는 건 무슨 의미였더라?
그러니까…… 이 나라에서는 긍정하는 의미로 사용하는 단어였던 것 같은——.
"그거 봐, 쉬운 여자지?"
경악한 나머지 사고회로가 정지해버린 나에게 미우가 우쭐대는 얼굴로 말했다.
본의 아니게 보내버린 메시지—— 그 덕분에 고민하고 또 고민했던 것이 우스워질 정도로 선뜻 성공해버리고 말았다.
아무래도 나는 이번 주말에 아야코 씨와 데이트할 수 있는 모양이다.
10년 동안 좋아해 온 상대와 하는 첫 데이트를——.

엄마
딸이 아니라 나를 좋아한다고?!

제1장
준비와 실전

♠

점심시간. 대학 내의 학생 식당──.

“첫 데이트라. 이거 기합 잔뜩 넣어야겠는데? 타쿠미.”

오늘 아침에 있었던 일을 말해보자, 맞은편에 앉은 사토야는 예쁘장한 얼굴에 연한 미소를 머금으며 말했다.

링고 사토야.

성별── 남자.

오늘의 패션은 세련되긴 했지만 평범하게 남성복이다. 여장하고 돌아다니는 건 학교 밖으로 한정되고, 캠퍼스에서는 남자라는 걸 알 수 있는 옷을 입고 다닌다. 여장하고 나오면 출석 체크 때 대리출석을 의심받기 때문에 귀찮다고 한다.

뭐, ‘여장’이라고 표현하는 것도 본인은 싫어하지만.

사토야 말로는 ‘여장이 아니라 나에게 어울리는 예쁜 옷을 입는 것뿐이야.’라고 한다.

남성복, 여성복이라는 고정관념에 얽매이지 않고 자신이 원하는 옷을 마음대로 입으며, 화장이나 네일아트도 마음껏 즐긴다. 그런 유니섹스한 패션 스타일이 신조인 듯했다.

여자처럼 입고 있으면 호리호리한 미소녀로 보이는 사토야지만, 딱히 남자를 좋아한다는 것도 아니다.

연애 대상은 여자고, 현재진행형으로 사귀는 여자친구도 있다.

"이 데이트에 따라 아야코 씨의 마음을 얻을 수 있냐, 아니냐가 크게 달라질 것 같은데. 어쩌면 타쿠미의 인생에서 가장 큰 분기점이 될지도 몰라."

"……남의 일이라고 부추기지 마."

"남일이니까. 남의 연애사만큼 재미있는 것도 없거든. 정도 이상으로 몰입하지 않으면 최고로 즐거운 구경거리지."

가볍게 말하는 사토야의 말에 나는 깊이 한숨을 쉬었다.

내가 아야코 씨를 좋아하는 걸 알게 된 뒤로 이 녀석의 스탠스는 일관적으로 이런 느낌이다.

재미 반, 장난 반.

내 연애를 마치 구경거리처럼 보며 즐기고 있다.

경박하고 촐랑거리는 태도지만…… 뭐, 불만은 없다. 반대로 정도 이상으로 몰입하면서 진지하게 응원해줘도 난감하다.

내 연애는 어디까지나 내 연애니까.

게다가 장난치는 것처럼 보여도 조언을 청하면 성실하게 대답해주고, 며칠 전 내가 차여서 우울해할 때는 영화 보러 가자며 격려해주기도 했다. 착하고 의지할 수 있는 친구라는 건 틀림없다.

"……기합을 넣어야 한다는 것쯤은 알아."

나는 스스로에게 들려주듯이 말했다.

"서프라이즈 같은 기회니까, 이걸 살리지 않을 수는 없지. 그러니까 이렇게 너한테도 상담하는 거잖아."

"상담이라고 해도 말이지. 솔직히…… 자신 없어."

사토야는 두 손을 들고 항복 포즈를 취했다.

"보다시피 나는 잘생긴 미남이고, 당연하게도 지금까지 대단한 인기를 누렸지만—— 그래도 동년배 말고는 사귄 적이 없거든. 30대 여성과의 데이트라니 경험도 없고 생각해본 적도 없어."

"……그런가."

"대학생다운 데이트라면 얼마든지 떠오르지만, 사회인 여성을 기쁘게 해주려면 좀……. 어른끼리 하는 데이트라고 해도…… 이쪽은 차가 없는 시점에서 여러모로 논외거든."

"…………그러니까 말이야."

고개를 축 떨궜다.

토호쿠의 지방 도시.

1가정 1자동차가 아니라, 1인 1자동차가 일반적인 지역.

전철이나 택시로 어디든 갈 수 있는 대도시와는 달리, 이 근방에서는 자동차가 기본적인 이동 수단이 된다.

사회인이라면 자동차를 보유하는 것이 당연한 일.

심지어—— 대학생 중에도 있는 녀석은 있다.

그리고 인기 있다.

자차가 있는 대학생은 그것만으로도 상당한 인기를 끈다.

뭐…… 자칫 잘못하면 서클의 짐꾼&운전기사로 부려 먹히는 편리한 남자로 끝나버리기도 하지만.

"타쿠미도 면허는 있지?"

"어. 작년 여름방학 때 합숙하며 땄어. 그래서…… 당일엔 렌터카라도 빌릴 생각이야."

"렌터카라. 그렇게까지 안 해도 될 것 같은 느낌도 들지만…… 으음, 잘 모르겠네. 나도 다른 여자애들에게 상담해볼게."

"미안하다, 고마워."

"됐어. 타쿠미에게는 평소에 신세 졌으니까. 작년에도 타쿠미가 없었다면 학점이 여럿 위태로웠을 거야. 게다가."

"게다가?"

"나도 타쿠미가 행복해지길 바라거든."

사토야는 웃으면서 말했다.

"남의 연애사는 최고로 즐거운 구경거리── 그렇기 때문에 기왕이면 해피엔딩을 보고 싶거든."

"사토야……."

정말 기쁜 말을 해주는 녀석이다.

의지할 수 있는 친구를 지닌 나는 행복한 사람이다.

"고마워. 나도 열심히 노력할게."

"응. 어…… 하지만 타쿠미. 아까와는 정반대의 말이 되지만── 기합을 너무 넣는 것도 안 좋아."

사토야는 정말로 조금 전과 반대되는 말을 했다.

"오랫동안 짝사랑한 사람과 하는 데이트……. 들뜨는 마음도 이해하고, 반드시 성공해야 한다며 압박감을 느끼는 것도 이해해. 하지만 너무 긴장해도 좋을 건 없지 않을까? 아야코 씨도 타쿠미가 그런 태도면 같이 있으면서 피곤할 테니까, 마음 편하게 먹고 가."

"…………."

알고 있다.

여유 없이 필사적으로 매달리는 것만큼 꼴사나운 모습도 없을 것이다.

사토야의 말은 틀리지 않다── 하지만.

"알아……. 하지만 마음을 편하게 먹으라는 건 불가능해."

"…………."

"드디어…… 이뤄진 거야. 계속 바라고 또 바랐어. 아야코 씨와 데이트할 수 있는 관계를…… 그 사람이── 한 명의 남자로서 의식해주는 것을."

지난 10년 동안, 계속.

몇 번이고 망상하며 계속 바라왔다.

아야코 씨와 데이트하러 갈 수 있는 관계를.

아들이나 동생처럼 귀여워해 주는 관계도 확실히 행복하긴 했지만── 동시에 허무함을 느낄 수밖에 없었다.

쑥스러워하는 것도, 수줍어하는 것도 없이 자연스럽게 머리를 쓰다듬고 웃어줄 때마다 애가 타서 견딜 수 없었다.

아직 사귈 수 있다고 정해진 건 아니다. 하지만 아들 같은 존재로만 여기던 시절보다는 조금은 진전했다고 본다.
가슴이 설렐 수밖에 없다.
긴장할 수밖에 없다.
"이번 데이트…… 반드시 성공시킬 거야."
나는 선서하듯 말했다.
아야코 씨와 첫 데이트.
실패는 용서되지 않는다.
여기서 성공하지 못하면── 남자 망신이다.

♥

"다녀왔어~."
저녁 시간. 학교에서 돌아온 미우는 부엌에서 저녁 식사를 준비하는 나에게 다가왔다.
아니나 다를까.
유난히 들뜬 발걸음으로.
몹시 히죽거리는 얼굴로.
"들었어, 엄마. 주말에 타쿠 오빠랑 데이트한다며."
"……!"
으으~~. ……여, 역시 알고 있구나.

오늘 아침에 답장할 때, 이 타이밍이면 아직 탓군과 미우가 같이 있을지도 모른다고 생각하긴 했다.

하지만 최대한 빨리 답장하고 싶었다.

이미 읽음 표시를 찍어버렸으니, 답장이 너무 늦어지는 것도 미안하고── 게다가.

시간을 들일수록 대답하기 어려워질 것 같았으니까.

너무 깊게 생각하고 고민해서 어떻게 해야 할지 알 수 없게 되기 전에 기세에 맡겨 보내버리고 싶었다.

"둘이서 데이트라니, 이제 사귀기까지 시간문제라는 느낌이네."

"무, 무슨 소리 하는 거야. 그건 또…… 그, 다른 문제라고."

"에이, 이제 와서 무슨 소리야?"

"그냥…… 데, 데이트는 연인 사이가 아니어도 하는 거잖아. 모처럼 권해줬으니까 거절하는 것도 미안하고……. 게다가 주말엔 마침 스케줄도 비었으니까! 그래, 한가했다고! 가장 큰 이유는 한가해서야!"

"하아……. 또 귀찮은 소릴 하네."

빠른 어조로 늘어놓는 나에게 미우가 기가 막힌다는 듯 어깨를 으쓱했다.

"그보다 엄마……. '그래'가 뭐야, '그래'가. 데이트 신청에 대답하는 말이 '그래'밖에 없다니."

"어……? 왜, 왜 그런 것까지 아는 건데?!"

"마침 내가 타쿠 오빠의 스마트폰을 보고 있을 때 답장이 왔거든요. 그래서 다 봐 버렸지."

"이럴 수가……."

"좀 귀엽더라. 동요한 걸 들키기 싫어서 일부러 담백한 척 위장한 게 다 보여. '나는 이런 거에 익숙하거든'이라는 어필이 적나라해서 반대로 경험이 부족한 게 드러난다고 해야 할까."

"~~~~~!"

드, 들켰잖아!

딸에게 생각을 전부 간파당했어!

아아, 진짜. 뭐냐고 이 상황은……! 딸에게 이런 화제로 본심을 간파당하는 건…… 너무너무 부끄럽단 말이야!

"미, 미우. 어른을 놀리는 건 적당히 하렴."

나는 수치심을 억누르며 최대한 어머니다운 태도를 만들었다.

"아니니까……. 응, 그래, 전혀 아니야. 완전한 착각이라고. 그 '그래'라는 두 글자에는 고등학생에겐 알 수 없는 깊은 의미가 담겨 있었어. 단맛도 쓴맛도 겪어본 어른 여자밖에 모르는, 고도의 테크닉이——."

"타쿠 오빠랑 엄마가 데이트라."

……듣지도 않는다.

미우, 들어줘. 엄마가 필사적으로 변명하고 있잖니.

완전히 무시라니.

너무해…… 미우. 엄마는 눈물이 날 것 같아.

"데이트가 잘 되면 두 사람의 관계가 단숨에 진전될지도 모르지. 아. 그날 집에 굳이 안 돌아와도 돼. 외박 대환영♥"

"무, 무슨 소리 하는 거야! 외박을 왜 한다고. 제대로 돌아올 거야."

"어? ……그렇다는 건, 데이트 후에 이 집에서……?! 그, 그럼 나는 누구 친구 집에 자러 갈게……."

"무슨 배려를 하는 건데?!"

"아니……. 나는 두 사람을 응원하고 두 사람이 맺어지면 언젠가 이 집에서 그런 일이 시작된다는 건 각오하고 있지만…… 너무 갑작스러운 건 좀."

"그러니까 무슨 배려냐고! 외박도 안 할 거고, 이 집에도 같이 돌아오지 않을 거니까! 우리는…… 좀 더, 그…… 거, 건전한 데이트를 할 거야."

"건전한 데이트라니……. 구체적으로는?"

"그러니까, 그 뭐냐……. 같이 점심을 먹거나 대화를 나누거나……? 저녁 먹기 전에 돌아오는, 그런."

"뭔데, 그 중학생 같은 데이트!"

"뭐, 뭐 어때! 처음엔 이 정도가 좋다고!"

뜨겁게 격론을 벌이는 우리들이었다.

미우는 계속 기가 막힌다는 얼굴로 말을 이었다.

“애초에…… 데이트 계획을 짜는 건 엄마가 아니라 신청한 사람인 타쿠 오빠 쪽이잖아. 타쿠 오빠가 뭐라고 했어?”

“……아직 아무 말도. 정해진 뒤에 다시 연락하겠다고 했을 뿐이야.”

지금 탓군이 계획을 짜고 있는 듯하고, 나는 그 연락을 기다리는 상태이지만……. 어, 어떡하지.

외박할 수밖에 없는 일정인 데이트면 어떻게 하지?!

사실은 이미…… 여관에 예약을 잡아놨다거나!

온천여관을 예약했는데 가게 쪽의 미스로 부부라 착각하고서 방을 하나만 준비해놓고, 이불도 상당히 가까운 위치에 깔아놓는 바람에 처음에는 서로 구석에서 잠들지만, 점점 가까워지는 로코물의 클리셰적 전개가 되어버린다면——.

아니.

그럴 일은 없지. 응. 말도 안 돼.

참나. 무슨 망상을 하는 건지.

망상이라고 해도 너무하다.

그런 일이 일어날 리가 없으니까.

왜냐하면 나에게 데이트를 신청한 상대는—— 다름 아닌 탓군이니까.

“……탓군이라면 절대로 그런 이상한 데이트를 제안하진 않을 거야. 제대로 나와 미우를 생각해서——앗.

"……흐으응?"

혼자 확인하듯 중얼거리는 나에게 미우가 입꼬리를 씩 끌어올렸다.

"타쿠 오빠를 퍽 신뢰하는 모양이로군요."

"아, 아니야. 그런 의미가 아니라……."

"그냥 후딱 사귀지 그래?"

"……아아아아, 시끄러워, 시끄러워!!"

무슨 말을 해도 이길 수 있을 것 같지 않아 나는 도망치듯 대화를 끊어버렸다.

"아하하. 뭐, 아무튼 기대된다. 이번 데이트에서 타쿠 오빠가 엄마를 어떤 식으로 공략할지."

미우는 더없이 즐겁다는 듯 말했다.

공략.

그건 참으로 절묘한 표현일지도 모른다.

이번 주의 데이트── 나는 공략당하러 가는 셈이다.

10살도 더 연상인 나 같은 아줌마를 좋아한다는, 상당히 특이한 남자아이에게.

탓군.

아테라자와 타쿠미 군.

어릴 때부터 알고 지낸 남자아이. 나는 전혀, 요만큼도 눈치채지 못했지만, 그는 10년 전부터 계속 나를 짝사랑했다고 한다.

미우와 함께 셋이서 놀았던 적도 여러 번 있고, 탓군과 둘이서 장을 보러 간 적도 있지만—— 그래도 이렇게 정식으로 둘이서 외출하는 건 당연히 처음이다.

이게 나와 그의 첫 데이트.

『오, 예의 그 남자아이와 이번 주말에 데이트라. 그거 부러운걸.』

전화 너머의 오이노모리 씨는 참으로 유쾌하다는 듯 말했다.

저녁 식사를 마치고 미우가 2층에 있는 자신의 방으로 향한 뒤——.

일에 관련된 확인 사항을 위해 오이노모리 씨와 전화하는 중이었는데…… 어느새 화제가 내 연애 사정으로 전환되고 말았다.

어쩐지 최근에는 매번 이런 느낌…….

『지난번 통화에선 조금 매정한 말을 해버렸으니까. 그 후로 어떻게 되었는지 궁금했었는데…… 별일 없이, 순조롭게 관계가 깊어지고 있는 것 같아 다행이군.』

"……네, 뭐어."

사실은 한바탕 난리가 났었지만.

정말 큰 소란을 피웠지만.

결과만 보면 순조롭게 관계가 깊어졌다고 할 수 있을지도 모른다.

『정말이지…… 절실하게 부러워. 나도 스무 살짜리 대학생과 데이트해보고 싶은데. 요즘은 완전히 남자가 가뭄이라 지루하던 참이거든.』

"놀리지 마세요……. 저는 엄청 고생이라고요."

『흐음? 뭐가 고생이라는 건데? 즐겁게 데이트하고 오면 그만이잖아?』

"그건 그렇지만…… 하지만 저, 저는…… 부끄럽게도 이런 것엔 익숙하지 않아서요."

『아아……. 그러고 보면 카츠라기는 미혼 싱글맘이었지. 미우를 거둔 뒤로 누구와도 사귄 적이 없이 일과 육아에만 전념했으니까.』

"……그, 그렇죠. 저기…… 오이노모리 씨, 데이트 신청을 받으면…… 여, 여자는 어떻게 해야 하나요?"

지푸라기에라도 매달리는 심정으로 연애 경험이 풍부한 그녀에게 물었다.

뭐, 과거에 세 번이나 자신의 바람기가 원인이 되어 이혼한 여성에게 물어보는 건 인선 미스인 느낌도 들지만, 그래도 나보다는 연애에 대해 잘 알겠지.

『아하하. 그렇게 고민할 것 없잖아?』

긴장과 불안에 짓눌릴 것 같은 나를 웃어넘기듯 오이노모리 씨가 말했다.

『네가 마음에 둔 남자를 어떻게든 유혹하고 싶다면 정성스럽게 작전을 짤 필요가 있겠지만―― 이번에는 반대잖아?』

"반대……."

『입장이 반대. 널 좋아해서 안달이 난 남자아이가 어떻게든 카츠라기 아야코라는 여자를 공략해서, 함락하기 위해 꾸민 데이트라는 거야.』

"윽! ……으, 으으."

가차 없는 말투에 몹시 부끄러워졌다.

나를 좋아해서 안달이 난 남자가 나를 공략하기 위해 꾸민 데이트―― 알고 있긴 했지만, 새삼 남에게 들으니까 부끄러워서 견딜 수가 없었다.

『카츠라기가 고민할 필요는 전혀 없어. 고민하는 건 상대방이 할 일이고, 너는 태평하게 상대의 에스코트를 기다리면 그만이야.』

"……."

『연애의 주도권은 늘 네 손에 있어. 생각하기에 따라서는 최고로 즐거운 상황이잖아. 가만히 있으면 저쪽에서 적극적으로 어프로치해줄 테지. 사귈지 말지는 네 마음에 달렸고. 젊은 남자가 보내는 풋풋한 구애를 자신의 손바닥 위에서 굴리며 노는 거나 마찬가지야. 어느 의미 수많은 여자가 꿈꾸는 시추에이션이라고 본다만?』

"……그런 식으로 생각할 수 있다면 좋겠지만요."

옆에서 보면, 어쩌면 부러운 시추에이션으로 느끼게 될 일인지도 모른다.

나 같은 30대 싱글맘이 젊은 남자의 구애를 받는다.

그것도 반쯤 장난 섞인 가벼운 마음이 아니라—— 진지하고, 지나치게 순수한 첫사랑을 받고 있다.

결혼을 전제로 진지하게 사귀고 싶다는 요청을 받았다.

『흐음. 뭐, 카츠라기는 고지식하니까. 자신에게 주도권이 있으니 더욱 고민된다는 느낌이려나. 초보가 다루기에는 까다로운 비장의 카드를 들고 있는 바람에 주체하지 못하고 있는 거지.』

"…………."

『마작으로 비유하자면, 초보자가 모처럼 멘칭으로 텐파이 상태인데 대기를 몰라서 난처해한다는 상황일까.』

"……왜 마작으로 비유하는 거예요."

나는 룰을 아니까 무슨 말을 하려는 건지는 알았지만.

멘칭은——'멘젠 칭이서'라는 역의 약칭.

자신이 지닌 패를 전부 같은 색의 수패로 갖춰야 하는 역으로, 무척 높은 점수를 받을 수 있는 대박역이다. 하지만 멘칭은—— 종종 대기가 복잡해진다. 초보자라면 오름패를 몰라서 혼란에 빠질 게 분명하다.

마음이 아주 조급해질 것이다.

상급자에게는 기회지만, 초보자에게는 모처럼 얻은 기회도 혼란의 재료가 된다.

그게 말 그대로── 지금의 나인 건지도 모른다.

더없이 유리한 상황인데도…… 너무 유리해서 무엇을 어떻게 해야 하는지 알 수 없어졌다.

『데이트 신청은 한 번 정도 거절해보는 것도 방법이었을지도 몰라. 주도권을 더 명확하게 만들기 위해서도 애태우게 해서 상대방의 반응을 보는 것도 나쁘지 않았을 거다.』

"무, 무리예요. 저는 그런 밀당 같은 건 못 한다고요."

나는 이어서 말했다.

"게다가 이 이상── 도망치고 싶지 않으니까요."

탓군에게 고백받은 후, 나는── 무의식중에 도망치는 듯한 행동만 반복했다.

고백을 못 들은 것으로 하려고 했고, 어떻게든 미움받아서 탓군 쪽에서 떠나게 만들려고 하기도 했다.

한심할 정도로 도망치기만 했다.

하지만.

이제 도망치지 않겠다고 정했다.

앞으로 우리가 어떻게 된다고 해도── 사귄다고 해도, 사귀지 않는다고 해도.

제대로 그와 마주 보고, 그의 호의를 정면에서 바라보며 결단을 내리고 싶다.

그것이…… 나 같은 사람을 10년이나 좋아해 준 그에 대한, 최소한의 의무이자 예절이라고 본다.

"……고백 답변을 보류해둔 지금 상황이 반 정도는 도망치는 거나 마찬가지인걸요. 비겁하다는 자각은 있어요. 그래서…… 이 이상 그의 마음을 가지고 노는 짓은 하고 싶지 않아요. 그의 마음으로부터 도망치지 않고 제대로 마주 보고 싶어요."

『……후후. 아하하!』

잠시 침묵이 흐른 뒤, 오이노모리 씨가 웃음을 터트렸다.

『좋은데, 제법 청춘 같은 소릴 하게 되었잖아. 그래야 내가 사랑하는 카츠라기 아야코지.』

"……칭찬인가요? 그거."

『물론. 괜히 어른인 척 폼 잡는 것보다 훨씬 너답고 멋있어.』

몹시 즐겁다는 듯 말한 뒤,

『머리를 쓰는 밀당 테크닉을 사양하겠다면, 이번 데이트에서 내가 너에게 해줄 수 있는 조언은 딱 하나뿐이겠군.』

오이노모리 씨는 그렇게 말을 이었다.

『즐겨.』

그것은―― 놀라울 정도로 간단한 조언이었다.

『모처럼 데이트잖아. 자잘한 건 생각하지 말고, 마음껏 즐기도록 해. 20대…… 아니, 10대 학생으로 돌아간 것 같은 기분으로, 청춘을 만끽하는 거야.』

"…………."

『분명 그도 그걸 바라고 있을 거다.』

"……그렇, 겠네요."

고개를 끄덕인 나는 작게 숨을 내뱉었다.

"알겠습니다. 너무 깊게 생각하지 말고 즐기고 올게요."

『그게 좋아. 뭐── 굳이 말할 필요는 없었을지도 모르지만.』

오이노모리 씨는 노골적으로 놀리는 듯한 말투가 되었다.

『어쩐지 형식적인 소리만 하는 것 같았어도…… 언동 구석구석에서 전해져. 카츠라기가…… 꽤 들떠있다는 게.』

"네?"

『부끄러워할 것 없어. 데이트 신청을 받는 건 몇 살이 되어도 기쁘고 설레기 마련이니까.』

"자, 잠깐만요. 오이노모리 씨."

『하하하. 쑥스러워하지 마. 그럼 건투를 기원하지.』

장난치는 웃음소리와 함께 통화가 일방적으로 끊어졌다.

나는 스마트폰을 붙든 채로 테이블에 쓰러졌다.

"……으, 으으~. 뭐야, 진짜……. 마지막에 가서 실컷 놀리다니."

얼굴은 뜨거워지고 사고회로도 엉망이다.

그리고 입에서는 변명 같은 푸념이 튀어나왔다.

"하지만…… 어쩔 수 없잖아? 기대된단 말이야."

새삼 입에 담은 순간…… 맹렬한 수치심이 밀려왔다.

기대.

그래, 그렇단 말이지.

이러니저러니 해도── 나는 기대하고 있다.

탓군과 하는 첫 데이트를.

불안과 긴장도 무척 크지만…… 동시에 기대감도 있다.

의무라는 둥, 예절이라는 둥, 이 이상 도망가기 싫다는 둥, 이런저런 그럴싸한 말을 주워섬기면서도── 결국 나는 데이트를 기대하고 있는 거다.

탓군이 어떤 데이트를 계획했을지 가슴이 설레고, 나 혼자 멋대로 이런저런 시추에이션을 망상해보기도 하면서 가슴이 두근거리──.

"~~~~~!"

아아, 진짜 싫어!

나 자신이 싫어!

나는 이미 30대인데.

세간에서 봤을 때는 어엿한 어른인데.

그런데── 데이트 하나에 믿어지지 않을 만큼 동요하고 당황하고, 그리고…… 들떠버렸다.

그런 자신이 너무너무 부끄러워서 견딜 수 없었다.

그날 밤──.

미우와 저녁을 먹고 난 후, 탓군에게서 메시지가 도착했다.
이번 주말 데이트에 관련된 연락.
대략적인 목적지와 약속 시각에 대하여.
불만이 있을 리 없기에 나는 알았다고 답장했다.
전화가 아니라서 다행이었다.
만약 전화였다면 긴장과 기대로 목소리가 떨렸을 테니까.
그리고── 그건 분명 탓군도 같을 것이다. 그에게도 처음 하는 데이트. 어쩌면 나보다 더 긴장하고 기대할지도 모른다.
우리 두 사람이 각각의 생각을 안고 고민하면서 시간만은 담담하게 흘러가고──.
마침내 약속했던 주말이 다가왔다.
우리 두 사람의, 기념적인 첫 데이트가 시작──되었어야 했는데.
나와 그의 데이트는 뜻밖의 결말을 맞게 되었다.
아니.
뜻밖의 결말이라고 해야 하나, 뜻밖의 시작이라고 해야 하나.

♥

"오늘 재미있었죠, 아야코 씨."
"응, 재미있었어. 탓군."

낮에 한차례 데이트 명소를 돌아보고 저녁 식사도 마친 후, 우리는 야경이 아름다운 바닷가의 길을 나란히 걷고 있었다.

하늘에 떠 있는 별처럼 반짝이는 야경을 즐기며 오늘 데이트의 여운에 잠기듯, 한 걸음 한 걸음씩 느긋하게 걸었다.

"하지만 탓군…… 정말 괜찮았던 거야? 그렇게 비싸 보이는 레스토랑에서 얻어먹다니. 역시 미안하니까 내가 먹은 건 내가 낼게."

"괜찮아요, 신경 쓰지 마세요. 부모님과 같이 사니까 알바비 나갈 곳도 없었고……. 게다가 아야코 씨가 기뻐해 주신다면 그게 제일 기쁜 소비니까요."

"윽! ……어, 어휴, 탓군도 참."

나는 부끄러워져서 고개를 숙였다. 아아, 어쩐지 꿈 같아……. 설마 탓군과 이런 식으로 어른스러운 데이트를 즐기다니――.

그 후 잠시 침묵하며 걸어갔지만―― 다음 순간.

내 손가락에 무언가가 닿았다.

생각할 필요도 없었다.

옆에서 걷는 탓군이 슬쩍 손가락을 휘감은 것이다.

자연스럽게, 무척 세련되게――.

"어? 아……."

"죄송합니다. 저도 모르게 그만."

"아, 아니, 그건……."

"싫다면 놓을게요."
"어……? 시, 싫은…… 건 아니, 지만…… 으으."
비겁하다. 그런 식으로 질문하는 건 비겁하다.
긍정도 부정도 하지 못하고 어영부영 계속 손을 잡게 되었다. 나보다 더 큰, 단단하고 각진 손. 손가락에 손가락을 감고 있자 그것만으로도 믿어지지 않을 만큼 심장이 크게 뛰었다.
으으, 어떡하지.
안 돼. 너무 긴장해서 눈앞이 빙빙 돌아.
이 분위기가 문제야.
뭐라고 해야 하나…… 무드가 너무 좋다고!
데이트를 끝내고 야경이 아름다운 바닷가, 그리고 조금 적극적인 탓군……. 로맨틱한 분위기에 휘말릴 것 같아――.
"……스, 슬슬 돌아갈까?"
분위기를 전환하듯 말한 나는 손을 휙 놓았다.
"벌써 시간이 늦었잖아. 미우도 기다릴 테고……."
변명처럼 쏟아내며 조금 발걸음을 빨리했을 때――.
와락.
뒤에서――끌어안겼다.
긴 팔이 휘감기며 내 전신을 전부 감싸 안았다.
"어, 어…… 어어?!"
갑작스러운 사태에 패닉에 빠진 나에게―― 그가 귓가에서 속

삭였다.

조금 긴장해서 떨리는 목소리로.

하지만, 더없이 달콤한 목소리로.

"돌려보내기 싫다고 하면…… 어떻게 하실래요?"

"~~?!"

사고회로가 과열되어 뇌가 녹아버릴 것 같았다.

별이 쏟아지는 하늘, 밤바다.

그리고── 연인 미만의 남녀.

당장에라도 로맨틱하고 트렌디한 BGM이 깔릴 것 같았다.

"……아, 안 돼. 안 돼, 탓군…… 나에게는 사랑하는 남편…… 은 없지만. 하지만 사랑하는 딸이 있…… 아니 뭐, 딸은 우리 관계를 응원해주긴 하는데……. 오, 오늘은 속옷이…… 아니 그게, 실은 제대로 갖춰 입고 왔지만…… 하, 하지만 기다려! 나, 나는 첫 번째 데이트에서 끝까지 가 버리는 쉬운 여자가──."

"──뭐 하는 거야? 엄마."

달의 목소리에 눈을 떴다.

야경이 아름다운 바닷가──가 아니라, 지금은 아침이고 여기는 침대 위였다.

이불을 둘둘 말고 데굴거리고 있던 나를 미우가 진심으로 어이없다는 눈으로 보고 있었다.

"어……? 미, 미우?"

"굿모닝, 엄마."

"구, 굿모닝……. 어? 왜 미우가 여기에……?"

"통 나오질 않길래 깨우러 왔어. 참나, 정신 좀 차려. 오늘은 고대하던 타쿠 오빠와의 데이트 날이잖아."

그래. 그랬다.

오늘은── 탓군과 데이트하는 날.

그래서 어젯밤엔 끙끙 앓다가 전혀 잠들지 못했고…… 그 때문에 실컷 늦잠을 자버린 모양이었다.

스마트폰으로 시간을 확인해보자 아침 8시가 지난 시각이었다.

약속 시각은 10시 반이니까, 데이트 시각에는 여유롭게 맞출 수 있을 것 같지만 주부로서는 한심한 기상 시간이 되고 말았다.

"'안 돼, 탓군'이라고 잠꼬대하면서 몸부림치던데……. 엄마, 대체 무슨 꿈을 꾼 거야?"

"?! 아, 아무것도 아니야! 아무것도! 아주 평범한 꿈이었어!"

질색하는 얼굴로 묻는 말에 막무가내로 얼버무릴 수밖에 없었다.

으으~~!

대, 대체 무슨 꿈을 꾼 거야! 나는!

아무리 오늘이 데이트 날이라고 해도……. 그런 로맨스 소설 같은 꿈을 꾸다니.

심지어.

뭐라고 해야 하나…… 망상이 올드해!

왕년의 트렌디 드라마 같아!

벽쿵이나 턱잡기라면 모를까 아스나로 포옹$(1992년에 연재를 개시한 아스나로 백서라는 만화를 원작으로 1993년에 방영한 드라마에서 백허그를 하는 명장면이 나와, 이후 백허그를 아스나로 포옹이라고 부르며 크게 유행했음.)이라니……!

나, 나이가 들켜버리잖아!

10대, 20대는 모르는 망상을 하고 말았어!

쇼와 출생(일본의 연호가 쇼와였던 1926년~1989년 사이에 태어난 사람을 가리키는 말.)이라는 게 뚝뚝 묻어나!

"뭐, 아무튼 열심히 해."

머리를 부여잡고 고뇌하는 나에게 미우가 가벼운 말투로 말했다.

"나에 대해선 신경 쓰지 않아도 괜찮아. 외박이든 뭐든 OK거든."

"잠깐……! 그, 그러니까 전에도 말했지만, 외박은— 아니, 무시하지 말고……."

미우는 반론을 끝까지 듣지도 않고 방에서 나가버렸다.

"……하아."

깊게 한숨을 쉬었다.

눈을 뜨자마자 너무 많은 일이 일어나는 바람에 어쩐지 벌써 지쳐버렸다. 하아, 걱정이다. 이런 식으로 오늘 데이트를 잘 버틸 수 있을까……?

벌써 불안에 짓눌릴 것 같았지만, 우선은 침대에서 내려가 손으로 머리카락을 슥슥 정리했다.

파자마를 벗고 갈아입으려고 한── 그때.

머리맡에 놓여있던 스마트폰이 착신을 알렸다.

화면을 보고 놀랐다.

전화 상대는 탓군──이 아니라, 그 어머니.

아테라자와 토모미 씨였다.

"여, 여보세요?"

『여보세요, 아야코 씨?』

"네. 안녕하세요, 토모미 씨."

『좋은 아침. 미안해, 이렇게 이른 시간에.』

"아뇨, 괜찮습니다……. 그런데 무슨 일이 있나요?"

『그게…… 아니, 뭐라고 해야 하지?』

대단히 말하기 민망하다는 듯 토모미씨가 말을 이었다.

『아야코 씨, 오늘…… 우리 타쿠미랑 어디 놀러 갈 예정이었지?』

"네? 어…… 아, 네."

부정하는 것도 이상한 느낌이 들어서 긍정할 수밖에 없었다. 으으, 부끄러워. 상대방의 어머니가 데이트에 대해 언급하다니,

어쩐지 부끄러워!

동요하는 나에게 토모미 씨가 말했다.

『그거 말인데── 취소해줄 수 있을까?』

"…………."

열이 단숨에 내려간 기분이 들었다. 냉수를 뒤집어쓴 것 같다. 수치심이 사라지고, 마음의 온도가 내려간다. 싸늘해진 머릿속에서 순식간에 온갖 생각이 맴돌았다.

아아──.

그렇구나. 그렇지. 당연하잖아.

나는 무슨 착각을 했던 걸까?

왜 들떠 있던 걸까?

나 같은 아줌마와의 교제를 탓군의 부모님이 좋게 여길 리가 없다. 전에 한 번 인정한다는 말은 해주셨지만── 지금은 그 생각이 바뀌어도 전혀 이상하지 않다.

나와 그의 교제는 반대 받는 게 당연하다──.

"……알겠습니다. 죄송합니다, 본래대로라면 제가 처음부터 제대로 거절했어야 했는데. 폐를 끼쳐서 죄송합니다."

『응? 무, 무슨 소리야? 아야코 씨.』

내가 사과하자 토모미 씨는 당황하며 대답했다.

『폐를 끼친 건 이쪽이지. 정말 미안해.』

"네?"

어라? 뭐지. 이 엇갈리는 느낌은?

『모처럼 일정을 비워놓게 했는데, 정말 그 애도 참…….』

"어……. 저기, 탓군에게 무슨 일이 있나요?"

물어보는 나에게 토모미 씨가 대답했다.

『그 애, 열이 나서 앓아누웠거든.』

"…………."

어안이 벙벙해져서 한동안 말문이 막혔다.

이리하여 우리의 첫 데이트는 '감기로 인해 중지'라는, 상상도 하지 못한 결말을 맞이했다.

제2장
침실과 간호

♥

"뭐~~?! 타쿠 오빠가 열이 나서 앓아누웠다고?!"

토모미 씨와 통화를 마친 후, 거실로 내려가 오늘 데이트가 중지된 것을 전하자 미우는 괴성을 질렀다.

"우와~, 세상에. 진짜 말도 안 돼."

소파에 대자로 늘어져서 하늘을 우러러보며 성대히 한탄했다.

"대체 뭐 하는 거야? 타쿠 오빠는……. 인생에서 가장 성공해야 하는 순간인데, 왜 이럴 때 열이 났대? 와, 진짜 뭐라고 해야 하나……. 깬다."

"떽, 미우. 무슨 소리 하는 거야. 탓군도 좋아서 열이 난 게 아니잖아."

"알지만…… 깨는 건 깬다고. 특히 어머니를 통해 중지 연락을 넣었다는 게 최고로 깨. 타쿠 오빠는 이제 스물이잖아? 학교에 병결 연락하는 것도 아니고."

"그건…… 어쩔 수 없잖아. 탓군은 기어서라도 나가려고 했던 모양이니까. 그걸 토모미 씨가 억지로 막은 모양이던데……."

토모미 씨의 이야기에 따르면.

어젯밤 시점에서 탓군은 몸이 상당히 안 좋았다고 한다.

오늘 아침이 되자 증상이 한층 악화.

고열이 나서 걸음도 휘청거리는 상태였다. 그래도 탓군은 나와 데이트하기 위해 준비하려고 했다.

하지만 한눈에 봐도 외출할 수 있는 몸이 아니었기 때문에 토모미 씨가 강하게 설득.

아들을 억지로 방에 가둔 뒤, 나에게 전화를 걸었다고 한다.

"……토모미 씨와 전화한 뒤에 탓군에게서도 메시지가 왔어. 내가 미안해질 정도로 거듭 사과하는데……."

"그야 사과하겠지. 하아아……. 진짜, 왜 이렇게 되는 거야. 운도 참 지지리도 없지……."

"……그래서 말인데, 미우. 너 오늘 일정 있니?"

"응? 왜?"

"사실 토모미 씨가 오늘 낮부터 볼일이 있어서 집을 비운다고 해. 탓군이 혼자 있으면 이래저래 걱정되잖아? 그래서 문병 겸 살펴봐 줬으면 하는데."

"안 돼, 못 해. 나 친구랑 놀기로 했거든."

"그래……? 곤란하네. 그럼 어떻게 하지……."

"엄마가 가면 되잖아."

미우는 말했다.

당연하다는 듯 말했다.

"어……? 내, 내가?"

"엄마는 한가하잖아? 오늘은 데이트하려고 비워놨으니까."

"한가하지만……."

확실히 일반적으로 생각했을 때는 내가 가는 게 자연스러운 흐름인지도 모른다.

오늘은 종일 데이트할 생각으로 일정을 비워놨으니, 그게 사라지자 할 일이 없다.

하지만── 잠깐.

내가 탓군을 병문안하러 간다고?

아무도 없는 그의 집에──.

"아니……, 하, 하지만 그 왜, 그건 좀…… 그렇지 않아?"

"뭐가 그렇다는 건데?"

"뭐긴 뭐겠어……. 그렇지만, 뭐라고 해야 하나, 왜…… 그렇잖아?"

"……왜 몸을 비비 꼬면서 부끄러워하는 건데?"

"비, 비비 꼰 적도 없고 부끄러워한 적도 없어!"

우렁차게 소리치는 나.

처음에는 의아해하는 표정이던 미우도, 이윽고 이해했다며 웃었다.

"아하~ 그렇구나. 타쿠 오빠를 문병하러 가서 방에 단둘이 있는 게 부끄럽다 이거지?"

"으윽……."

예리한 지적에 나는 몸을 뒤로 물릴 수밖에 없었다.

"참나……. 무슨 생각하는 거야? 걱정하지 않아도 이상한 이벤트는 안 일어날걸? 타쿠 오빠도 열이 났을 때까지 늑대가 되진 않을 거야."

"아, 아니야! 그런 걸 생각한 게 아니라……."

부정하며 소리치면서도 뒷말은 이어지지 않았다.

왜냐하면—— 미우의 말이 맞기 때문이다.

물론 방에서 단둘이 있다고 해서 뭔가 어덜트한 이벤트가 일어날 거라는 생각을 하는 건 아니지만—— 왠지 공연히 부끄러워서 견딜 수 없었다.

아무도 없는 집에서, 단둘이——.

그런 시추에이션을 상상하기만 해도 믿어지지 않을 만큼 얼굴이 뜨거워지고 안절부절못하는 기분이 든다.

"애초에 타쿠 오빠의 방은 여러 번 가 봤으니까, 이제 와서 부끄러워할 건 없잖아? 놀러 간 나를 데리러 왔다가 그대로 엄마도 끼워서 셋이 같이 게임하며 논 적도 몇 번 있고."

"……그건, 그렇지만."

확실히 그랬다.

탓군의 방은 여러 번 가본 적이 있다.

미우와 셋이서 같이 논 적도 있고—— 미우에게는 비밀로 서프라이즈 선물을 계획할 때 탓군의 방에서 작전을 짠 적도 있었다.

옛날에는 평범했다.

탓군의 방에서 단둘이 있어봤자 아무것도 의식하지 않았다.

하지만── 지금은 무리다.
의식하지 않을 수가 없다.
그 고백 이후── 그의 숨겨뒀던 마음을 안 후로, 내 안에서 탓군의 존재가 믿어지지 않을 만큼 커졌다.
그와 있었던 이런저런 모든 일을 일일이, 필요 이상으로 의식하고 만다.
그리고 일일이 의식하는 내가 부끄러워서 자기혐오 하는…… 출구가 없는 악순환……!
"어째 엄마는 내가 부끄러워질 정도로 타쿠 오빠를 마구 의식한단 말이지."
"……아아아아, 시끄러워. 시끄러워. 엄마를 놀리는 거 아니야."
"뭐, 민망하다는 기분은 알지만……. 그래도 역시, 엄마가 가는 게 좋다고 봐."
미우가 한숨을 쉬며 말했다.
"어쩌면 타쿠 오빠는 엄마와의 데이트를 너무 기대하는 바람에 열이 나버린 건지도 모르니까."
"어? 어어? 그건 소풍날 열을 내는 유치원생 같은데……."
"그 정도로 기대했다는 거 아니야?"
"…………."
"아무튼── 제대로 문병하고 와, 엄마."

미우가 성실하게 말했다.

"타쿠 오빠의 몸도 걱정이고……. 게다가 엄마와의 데이트를 자기 때문에 망쳤다면서 엄청 우울해하고 있을걸? 기운을 북돋워 주는 의미에서도 역시 엄마가 가는 게 제일 좋아."

놀리는 말투가 아니라, 진지한 말투였다.

그런 정론을 들으니,

"……아, 알았어."

나는 고개를 끄덕일 수밖에 없었다.

예측하지 못한 사태로 데이트는 중지되었지만—— 어쨌거나 오늘은 탓군과 함께 보내는 날이 되는 모양이다.

♠

꿈을 꿨다.

온몸이 나른하고, 머리가 몽롱하고…… 자는 건지 깨어 있는 건지도 애매모호한 상태에서, 나는 어렴풋한 꿈을 꿨다.

아야코 씨의 꿈이었다.

기쁘기도 하고 부끄럽기도 한 복잡한 기분이다. 비유적인 표현이 아니라 정말로, 나는 자나 깨나 그녀 생각만 하는 모양이다.

눈앞에 아야코 씨가 서 있고—— 내 시선은 상당히 낮아서, 그녀를 올려다보는 느낌.

아직 내가 그녀보다 키가 작았을 무렵—— 아직 내가 풋내 나는 어린아이였던 시절의 꿈인 듯했다.

"타, 탓군……."

이쪽을 보는 아야코 씨의 얼굴이 새빨갰다.

그 이유는—— 그녀의 복장 때문이다.

"이거 어때……? 사, 산타로 보일까?"

산타 복장.

하지만 풍채 좋은 할아버지가 입을 법한, 빨간색의 긴소매 · 긴바지가 아니다.

저속하게 표현하자면—— 비키니 산타다.

가슴과 엉덩이를 덮는 것은 면적이 적은 새빨간 천. 나올 곳은 어마어마하게 나왔는데, 허리는 쏙 들어가 있다.

아무튼 노출이 많아서 그녀의 극상의 몸매가 드러나 있다.

어린아이였던 나에게는 너무나 자극적인 광경—— 아니.

딱히 나이 상관없이, 지금 봐도 자극이 세다.

아야코 씨의 비키니 산타는 그만큼 파괴력이 있었다.

"아하하……. 여, 역시 이건 관두자. 좀 춥고……. 게다가 왠지 야한 느낌이야."

강조되는 가슴과 엉덩이를 어떻게 숨길지 몸을 비틀면서 부끄러움을 얼버무리듯 웃는 아야코 씨.

아니.

잠깐만.

대체 나는 무슨 꿈을 꾸는 거야……?

왜—— '그때'의 꿈을 꾸는 거지?

옛날 꿈을 꾼다고 해도…… 좀 다른 게 있잖아?

욕구불만인가? 왜 이런, 머릿속 보물 폴더 중에서도 꽤 상위에 넣어둔 에로틱 이벤트를 꿈속에서 다시 보고 있는 거지?

"으음……."

꿈속의 내가, 아직 어린 내가 입을 열었다.

과거의 이벤트를 덧그리듯이——.

"자, 잘 어울려. 아야코 마마——."

"……려, 아야코 마마."

"어? 네, 넵……."

꾸벅꾸벅 졸음 속에서——귀에 익은 목소리가 들렸다.

무거운 눈꺼풀을 들어 올리자 그곳은 내 방——인데, 내 방에 있을 리가 없는 사람이 눈앞에 있었다.

아야코 씨.

자나 깨나 생각하는 그녀가, 침대에 누워있는 나를 조금 난처해하는 얼굴로 내려다보고 있었다.

아아, 나는 아직 꿈속에 있는 건가?

내 방에 아야코 씨가 있을 리 없는데——.

"아야코 마마……."

졸린 머리로 이름을 부른 나는 무의식중에 손을 뻗었다. 열 때문인 걸까. 사막에서 물을 찾아 헤매던 와중에 오아시스의 신기루를 발견하고 손을 뻗는 듯한, 그런 심정이었다.

하지만.

그 신기루는── 실체를 지니고 있었다.

그녀를 향해 뻗은 나의 손을 부드럽게 잡아주었다.

"으, 응……. 아, 아야코 마마예요."

"……어? 어어어?!"

쑥스러워하는 듯한 목소리와 손을 잡아주는 감촉에 내 의식이 가까스로 각성했다.

힘차게 벌떡 일어나 침대 옆에 있는 그녀를 응시했다.

"아──아야코 씨?!"

"안녕, 탓군."

경악하는 나를 향해 그녀는 조금 난처해하는 얼굴로 웃었다.

♥

침대에서 몸을 일으킨 탓군은 나를 보고 눈을 동그랗게 떴다.

"어…… 어? 어, 어째서 아야코 씨가 제 방에……?"

"그게 말이지. 토모미 씨가 오늘 오후부터 안 계신다고 들었거든……. 그래서 병문안 겸 살펴보러 왔어.”

“그, 그랬군요…….”

“몸은 좀 어때? 탓군.”

“어…… 아, 그…… 조금, 좋아진 것 같아요. 약 먹고 오전 내내 계속 잤으니까요. 아침에는 의식이 몽롱했었지만요.”

아직 어딘가 졸린 듯한 말투인 탓군이었지만, 점점 그 표정에 먹구름이 꼈다.

“……맞다. 나, 이런 날에 열이 나는 바람에…….”

맹렬한 후회와 죄책감이 묻어나는 목소리로 중얼거린 후, 나를 향해 머리를 숙였다.

“아야코 씨……. 정말 죄송합니다.”

“괘, 괜찮아. 사과하지 마, 탓군. 나는 전혀 신경 안 쓰니까.”

“하지만…… 모처럼 아야코 씨가 데이트해주신다고 했는데…….”

“병은 어쩔 수 없지. 너무 속상해하지 마.”

“네…….”

고개를 끄덕이긴 했지만 우울해하는 건 명백했다.

“하지만 이런 시기에 감기라니.”

“……실은 요 며칠 동안 별로 못 잤거든요.”

탓군은 면목이 없다는 듯 입을 열었다.

“잠을 못 잤다니, 왜?”

"아니, 그게…… 아, 아야코 씨와 할 데이트에 대해 생각했더니 어쩐지 잠이 안 와서요."

"……어?"

"그리고…… 이런저런 예행 연습도 하고."

"예, 예행 연습?"

"오늘은 렌터카를 빌릴 생각이었는데…… 저는 작년에 면허만 따고 운전한 경험은 별로 없어서, 조금 적응해두고 싶었거든요. 그래서 요즘은 밤중에 아버지에게 차를 빌려서 데이트할 때 지나갈 길을 반복해서 운전했어요."

"그, 그런 연습을 했어?!"

"아니, 하지만…… 당일에 운전하다 실수하면 꼴사납잖아요……?"

"그건 이해하지만……."

놀랐다. 그야, 뭐라고 해야 하나……. 탓군은 이번 데이트에 기합을 넣고 올 거라는 생각은 했지만── 이 정도일 줄은 몰랐다.

설마 수면시간을 줄이면서까지 데이트 코스를 예습했다니.

"마음은 기쁘지만…… 너무 노력했어. 나와 하는 데이트면 좀 더 대충 해도 되는데……."

"──그렇게는 못 해요."

탓군은 나를 똑바로 바라보며 강하게 반론했다.

"계속 바라왔던, 아야코 씨와의 데이트인걸요. 대충 할 수 있을

리가 없잖아요. 반드시 성공하고 싶었고…… 그리고 무엇보다, 아주 기대했다고요. 그래서…… 가만히 있을 수가 없었어요."

"탓군……."

"하지만 그 결과로 정작 오늘 앓아눕다니……. 완전히 본말전도네요. 진짜, 꼴사나워. 한심한 것도 정도가 있지……."

침대 위에서 고개를 떨구고 끝없이 침울해했다.

미우의 예상은 어느 의미 정답이었던 모양이다.

데이트를 위해 지나치게 노력하는 바람에 헛발질을 하고 말았다. 소풍을 너무 기대해서 당일에 열이 나버린 유치원생 같은 결과가 되고 말았다.

꼴사납냐고 하면, 확실히 꼴사나울지도 모른다.

하지만——.

"……!"

가슴속이 꽉 조여들었다.

약해져서 우울해하는 그가——어째서인지 너무도 사랑스러웠다.

"고마워, 탓군."

어느새 나는 이불 위에 놓인 그의 손에 내 손을 겹쳤다.

"날 위해 열심히 노력해줘서."

"아야코 씨……. 하지만, 저는……."

"괜찮아. 아까도 말했지만, 나는 전혀 신경 안 쓰니까. 확실히 좀, 매끄럽지는 않았지만…… 그래도 마음은 충분히 전해졌어. 데이트를 위해 노력한 탓군의 마음이 정말 기뻐."

"…………."

"그러니까 이제 기운 내고, 푹 쉬어. 건강해지면…… 으음, 그…… 다, 다음에야말로 제대로 데이트하자!"

"네?"

탓군이 용수철이 튀어 오르듯 얼굴을 들었다.

으으……. 바, 반응이 어마어마하게 빨라.

탁해져 있던 눈에 단숨에 빛이 돌아온 느낌.

"괘, 괜찮은 건가요?"

"……괜찮아."

"다음에 데이트, 해주실 거예요?"

"……응."

"정말로――."

"하, 하겠다고 했잖아. 정말이지!"

자꾸 확인하지 말라고!

부끄러워지니까!

으으…… 이상하다. 왜 이렇게 되는 거지? 나는 데이트 신청을 받는 쪽이었는데, 이래서야 마치 내가 적극적으로 데이트하자고 한 것 같잖아……!

아니, 아니거든! 탓군이 너무 우울해하니까, 그래서 어쩔 수 없이…… 그래. 어쩔 수 없었던 일이라고! 이건!

"모, 몸이 아프다면 어쩔 수 없잖아. 이런 건 취소가 아니라 연기하는 거야. 그게 일반적인 거라고. 지극히 평범한 일이지."

"……그렇구나. 연기……."

탓군은 안심한 듯 웃었다.

아아, 정말…… 노골적으로 기뻐하고 말이야.

그렇게 행복해하며 웃으면, 조금 전에 약해졌을 때 괴로워하던 표정과의 차이가……. 어쩐지 머리가 어질어질해지잖아.

"……아! 탓군, 식욕은 어때? 나, 나 죽 만들어왔으니까, 데워 올게!"

어쩐지 좋은 분위기가 흐르는 것을 견디지 못한 나는 일단 방에서 나왔다.

아테라자와 가의 부엌은 몇 번 빌린 적이 있다.

미우와 함께 저녁 식사를 대접받았을 때면 뒷정리나 설거지를 돕곤 했다.

오늘도 내가 문병하러 간다고 하자, 토모미 씨에게서 부엌을 마음대로 써도 괜찮다는 허락을 받았으니 사양하지 않고 쓰기로 했다.

냄비에 가득 담아온 죽을 간단히 데운 후, 그릇에 담아 방으로 돌아갔다.

"기다렸지? 자, 먹어."

"죄송합니다, 감사합니다."

탓군은 몸을 일으켜 침대에 앉은 후 죽에 손을 뻗었다.

"앗. 잠깐만, 아직 조금 뜨거울지도 몰라."

그보다 먼저 그릇을 들고 숟가락으로 한입 떴다.

그리고.

"후우, 후우."

여러 번 숨을 불어서 죽을 식혔다.

"자, 됐다. 자, 앙."

"네……?"

숟가락을 입가로 가져가려 하자 탓군이 얼굴이 빨개져서 굳어버렸다.

그 반응을 보고── 나는 내 실수를 깨달았다.

"앗. 미미, 미안해! 그, 그게 아니고! 평소에 미우에겐 이렇게 하니까, 나도 모르게 그만……. 그 애는 감기에 걸렸을 때는 엄청 어리광을 부리거든……!"

"괘, 괜찮습니다! 저도 알아요!"

서로 얼굴이 빨개져서 소리친 뒤, 탓군은 나에게서 그릇을 받아 죽을 먹기 시작했다.

이번에는 제대로, 본인의 손으로.

"합……, 맛있어요."

"정말? 다행이다."

탓군은 그대로 그릇 가득 담은 죽을 먹었다. 식욕이 있다니 다행이다. 안색도 나쁘지 않고, 이대로 순조롭게 쾌차한다면 좋겠는데.

그가 먹는 모습을 보고 있었더니── 문득 옛날 생각이 났다.

"……옛날에는 평범하게 먹여주곤 했는데."

"네?"

"탓군에게 떠먹여 준 적이 여러 번 있었잖아?"

"그건…… 어릴 때잖아요? 아야코 씨가 시키니까, 저도 어쩔 수 없이……."

"후후. 그래. 탓군, 매번 무척 부끄러워했지만 꼬박꼬박 '앙'하고 입을 벌려줘서 무척 귀여웠어."

"……!"

얼굴을 붉히며 말문이 막히는 탓군.

그런 반응이 귀여워서 나는 그만 추가 공격을 넣고 말았다.

"그러고 보면 탓군── 아까 '아야코 마마'라고 했지?"

"픕, ……콜록콜록."

기침하면서도 가까스로 입 안에 있는 죽을 삼키는 탓군. 그 후 민망해하는 얼굴로 내 쪽을 보았다.

"드, 들렸어요?"

"응. 들렸어."

"……아 진짜. 아니, 아니에요. 그냥 옛날 꿈을 꿔서, 그래서……."

"후후후. 그리워라. '아야코 마마'라고 불러주는 거. 탓군은 어느새 '아야코 씨'라고 부르게 되었잖아."

"당연하잖아요……. 계속 '아야코 마마'라고 부를 순 없어요."

"……그러게."

정말로── 당연한 이야기다.

처음 만났을 때는 아직 10살이었던 소년은 지난 10년을 거쳐 20살이 되었다.

소년에서 성인 남자로 성장했다.

하지만 나는 마음속 어딘가에서 계속 그를 어린아이로 대했다.

그래서── 전혀 눈치채지 못했다.

그가 숨겨둔 마음을 눈치채주지 못했다.

그 때문에 지금, 이렇게 당황하고 방황하고 있다.

물론 탓군은 전혀 나쁘지 않다. 그저 올곧게, 한결같이 살아왔을 뿐. 착실하게 나이를 먹고 한 명의 남자로 성장했을 뿐.

문제가 있는 건── 나다.

내 견해나, 사고방식의 문제.

별것 아니다. 결국 모든 것은 내 마음의 문제──.

"있잖아, 탓군. 어떤 꿈을 꿨어?"

문득 궁금해져서 물어보았다.

대체 어느 시절 꿈을 꿨던 걸까?

나와 그가 함께 보낸 10년—— 나는 그를 아들이나 남동생으로만 생각했으나, 그는 나를 한 명의 이성으로서 의식했다.

같은 시간을 보내놓고도 전혀 다른 쪽을 보고 있던 10년.

열에 시달리던 그는 언제를 떠올렸던 걸까.

"그, 건…… 그러니까."

탓군은 몹시 말하기 거북한 듯했다.

"아야코 씨가…… 비키니 산타복을 입은 꿈이요."

"풉."

사레들릴 뻔했다.

잔잔한 분위기를 날려버릴 기세로 힘차게 콜록거렸다.

"뭐, 뭐어?! 비키니 산타라니…… 그, 그거 말이야?!"

"그렇, 죠. 그거…… 맞아요."

"아아, 정말! 왜 그런 꿈을 꾸는 거야?!"

"아니, 왜냐고 하셔도 꿈에서 나왔으니까 꿔버린 거죠……."

으으~~!

설마 탓군의 꿈이—— 그때의 꿈이었다니!

기억 속 밑바닥에 쑤셔 넣고 완전히 잊어버렸던 흑역사를 선명하게 떠올리고 말았다.

언젠가의 크리스마스에 성대히 저질러버린 흑역사.

평범한 산타복을 사려고 했는데, 실수로 배꼽이 드러나는 산타복을 사버리는 대참사.

상대가 탓군이라 다행이다, 다른 사람이 봤다면 자살했을 거야…… 라는 생각도 했지만——탓군이 10살 때부터 나를 이성으로 의식했었다고 하면 이야기가 아주 달라진다.

으아아. 으아아~~~~!

"으으……. 탓군 바보. 왜 그런 옛날 일을 기억하는 건데?"

"죄송합니다……. 하지만 여러모로 충격적이었으니까요."

"미, 미안하게 됐네. 어차피 웃겼겠지, 어차피 안 어울렸겠지!"

"아뇨, 그런 게 아니라…… 조, 좋은 의미에서 충격적이었다고 해야 할까요. 아야코 씨는 몸매가 좋으니까, 그런 복장도 아주 잘 어울리셨고……."

"윽……. 돼, 됐어. 그런 아부는 안 해도 돼."

"아부가 아니에요! 아야코 씨는 정말로 예쁘고, 몸매도 완벽하고…… 그래서 저는 순수하게 넋을 놓았——."

"~~! 아, 알았어. 알았다고!"

칭찬 폭격에 견딜 수 없어졌다. 이제 틀렸어. 그만해. 진짜로 그만. 이 이상 칭찬했다간…… 어쩐지, 뭔가, 이상해질 것 같아.

"진짜…… 탓군, 엉큼해."

부끄러운 나머지 그만 토라진 듯한 말투를 쓰고 말았다.

"어, 엉큼하다뇨……."

"같이 목욕했을 때도 가슴은 다 봤다고 했잖아……."

"……일단 말씀드리는 건데, 비키니 산타도 목욕도 저는 일방적으로 볼 수밖에 없는 상황이었고, 결코 제가 나서서 보려고 한 게 아니."

"어, 억지는 됐어! 아무튼 이제 전부 잊어줘!"

막무가내로 소리치는 나.

아무리 생각해봐도 억지를 부리는 건 나인데.

"죄, 죄송합니다……."

아아……. 사과하게 만들었다. 미안해, 탓군. 내가 부끄러워서 지리멸렬한 소리를 하는 것뿐이야.

죄책감에 사로잡힌 나에게 탓군이 '하지만.'하고 말을 이었다.

"엉큼해지는 것도…… 어쩔 수 없지 않아요?"

"어……?"

"눈앞에서 좋아하는 여성이 과격한 모습을 보여주면…… 그야, 누구든 이상한 기분이 들 거라고요."

"어……, 어어?"

"절대 못 잊어요. 머릿속에 생생히 남아버렸어요. 그야말로 수도 없이 꿈에 나올 정도로."

"수, 수도 없이……."

당황하는 나를 탓군이 정면으로 바라보았다.

수치심에 얼굴을 붉히면서도 눈은 돌리지 않았다.

빤히.

정열을 담은 눈으로, 꿰뚫듯이 바라보았다.

"저는…… 뭐라고 해야 하나, 외모만 보고 아야코 씨를 좋아하게 된 건 아니지만……. 그래도, 외모도…… 무척 좋아해요. 얼굴은 물론이고 몸도 전부 매력적이고……."

"어? 으, 아…… 으으……."

화상을 입을 정도로 뜨거운 시선을 받으며 또다시 칭찬 폭격을 당한 나는 어떻게 해야 할지 알 수 없어졌다.

몸이 뜨겁다.

머리가 몽롱해진다.

수치심과 흥분이 가속되며 정상적인 판단력이 사라져간다——.

"……진, 짜야?"

어느새 나는 입을 열었다.

가슴에 손을 올리고, 내 몸을 가리키면서.

"탓군, 정말로 내…… 그, 몸매도, 좋아해?"

"네? 아니…… 모, 몸매라고 하니까 좀 적나라한 느낌이 드는데요……, 네. 좋아…… 합니다."

"……그렇구나. 그럼——."

말하면서 나는 침대에 앉았다.

탓군의 바로 옆, 몹시 가까운 위치에.

"——지금 확인해볼래?"

♠

무슨 말을 들은 건지 전혀 알 수 없었다.

확인해보라고?

뭘?

문맥상 판단해보면…… 몸을 확인해보라는 건가? 아니, 말도 안 되지. 아야코 씨가 그런 말을 할 리가 없다. 하늘이 무너져도 없다.

순식간에 온갖 생각이 맴돌았는데——.

"손 빌려줄래?"

그녀의 손이 닿은 순간, 모든 생각이 날아갔다.

아야코 씨는 두 손으로 내 왼쪽 손목을 잡았다.

그리고—— 자기 쪽으로 끌고 갔다.

"읏. 아, 아야코 씨……?! 뭐 하시는 거예요?"

"괜찮아. 얌전히 손 뻗어."

"하지만, 자, 잠깐만요——."

"나, 나도 부끄럽다고! 하지만 탓군이…… 제대로 만져서 확인해줬으면 좋겠어."

"만진다니……."

어? 어? 뭐지? 이거. 무슨 흐름인 거지?

혼란이 극치에 달한 나를 무시하고 아야코 씨는 손을 더 잡아당겼다. 점점 내 손이 그녀에게 다가갔다. 시선도 자연스럽게 끌려들어 갔다.

자연스럽게 시야에 들어오는 것은── 풍만한 가슴.

니트티를 밀어 올리는 폭력적일 정도의 볼륨이 시선을 붙잡고 놓아주지 않았다. 그녀가 아주 조금 몸을 비틀기만 해도 가슴이 크게 흔들렸고, 동시에 내 이성도 흔들렸다.

크다.

정말로 크고…… 대단하다.

너무도 거대한 금단의 과실은 내 손에서 고작 몇 센티 떨어진 장소에 있었다.

"나 같은 아줌마의 몸은…… 만지기 싫을지도 모르지만."

"네……? 아뇨, 만지기 싫은 게 아니라……."

당연히 만지고 싶다.

솔직히…… 몇 번을 망상했는지 모른다.

나는 결코 몸을 노리고 아야코 씨를 좋아하게 된 건 아니지만……. 그래도, 나 역시 남자다. 그저 순수하기만 한 아이가 아니다.

좋아하는 여자의 가슴은── 당연히 만지고 싶은 법이다.

하지만.

그렇다고…… 이런 알 수 없는 흐름은 왠지 싫어!

"자, 잠시만요. 아야코 씨! 왜, 왜 그러시는 거예요? 갑자기……."

"아무튼! 이, 이런 건 기세가 중요한 거야!"

"기세라니……."

"얌전히 있어!"

수치심이 묻어나는 얼굴로 매섭게 쏘아붙이며 내 손을 계속 끌어당겼다.

정말로 거부한다면 그녀의 손을 뿌리칠 수 있었을 것이다.

하지만── 불가능했다.

아무리 이성이 거부하려 해도, 흘러넘치는 번뇌가 이성을 둔하게 만들었다.

그 결과, 나는 능동적으로 움직일 수 없어서 아야코 씨가 하는 대로 가만히 있었다.

아야코 씨는 내 손을 세게 끌어당겨 자신의 상반신으로 가져갔다.

니트티 안쪽으로──.

"윽……."

직접?!

잠깐만, 직접이야?!

옷 위로 만지는 것만으로도 버거운데, 갑자기 다이렉트 터치?!

"아, 아야코 씨……!"

"……괜찮아, 탓군."

수치심을 필사적으로 견디려 하는 표정으로, 선정적인 목소리로 속삭이는 아야코 씨.

내 손은 옷 속으로 미끄러지듯 침입했다. 니트티 아래, 밑에 받쳐입은 옷보다 더 아래. 손가락이 부드러운 피부에 직접 닿자 그녀가 몸을 움찔 떨고는,

“앗. 흐, 응…….”

달콤한 소리를 흘렸다.

“죄, 죄송합니다…….”

“……괜찮아. 손이 차가워서 좀 놀란 것뿐이야.”

호흡을 가다듬은 후 그녀는 나를 똑바로 바라보았다.

“자……, 탓군. 사양하지 않아도 괜찮으니까, 제대로 만져봐.”

말이 끝나는 것과 동시에 내 손이 힘껏 끌려갔다.

물컹.

부드러운 감촉이 손바닥에 퍼져나갔다.

솔직한 감상을 말하자면…… 예상했던 것보다는 소심한 감촉이었다.

좀 더, 한 손으로는 도저히 다 담을 수 없을 법한 볼륨을 상상했으나 그 정도의 질량은 느껴지지 않았다.

하지만 손에 착 감기고 따뜻하며 부드러운 살결은 무척 감촉이 좋았다.

이대로 계속 만지고 싶어지는, 행복한 감촉——.

"어때? 탓군."

"……어떠냐뇨……."

"이게 내 몸……, 내…… 사, 살이야."

살.

그래, 확실히 살은 살이다.

대다수의 남자가 사랑해 마지않을 여성의 유방——가슴도, 따지고 보면 그냥 지방 덩어리다. 고작 살덩어리에 수많은 남자가 동경하고, 갈망하고, 농락당하고, 때로는 인생마저 망가뜨린다.

지금 만지는 것 역시 따지고 보면 그저 살.

다만.

내가 지금 만진 것은 가슴이 아니라——.

——배였다.

"저기…… 아야코 씨. 지극히 순수한 의문인데요."

"뭐, 뭔데?"

"……왜 저는 배를 주무르고 있는 걸까요?"

격렬한 혼란과 성대한 헛바람을 먹은 듯한 기분이 덮쳐들었다.

옷 속으로 끌려들어 간 손은 그대로 급상승하여 흉부로 향하——는 줄 알았으나, 어째서인지 직진했다.

아야코 씨가 내 손을 가져간 곳은 그녀의 배였다.
……어째서?
어째서── 배지?
"왜, 왜냐니……. 아까 그랬잖아? 확인하게 해주겠다고."
아야코 씨는 부끄러움을 억누르는 듯한 얼굴로 내 손을 자신의 배에 꾹꾹 누르면서 말했다.
"탓군은 나를 좀, 너무 미화한다고 해야 하나……. 그, 뭐라고 할까, 20대의 내 몸 밖에 모르잖아? 그래서 옛날의 환상을 품은 탓군에게 지금 이 순간의, 현실의 나를 체험하게 해서── 어?! 어, 어어?!"
설명하던 도중 아야코 씨가 힘차게 비명을 질렀다.
내 손목을 잡고 있던 손을 놓고 펄쩍 뛰어올라 거리를 벌렸다.
"세, 세상에……. 탓군, 그, 그거……!"
"네……?"
"으음, 그러니까, 그거…… 어, 엄청난 사태가 일어났는데……!"
두 손으로 얼굴을 가리며 귀까지 빨개진 아야코 씨가 소리쳤다.
손가락 틈새로 보이는 곤혹스러워하는 시선을 쫓아가자── 그곳은 나의 고간이었다.
하반신에 달린 '나 자신'이 격렬하게 존재를 주장하고 있었다.
청바지나 슬랙스와는 달리 파자마의 얇은 옷감은 안쪽에서 부풀어 오른 것을 전혀 가려주지 못했다.

하늘을 향해 파자마를 용맹하게 밀어 올리고 있다——.

"으, 으아악!"

나는 이불에 손을 뻗어 허둥지둥 고간을 가렸다.

몹시 늦어버렸지만.

"죄, 죄송합니다! 저는……."

"탓군…… 어? 어, 어째서……?"

부끄럽고 면목이 없어서 안절부절못하는 나에게 아야코 씨는 크게 당혹스러워하는 모습으로 물었다.

"배—— 배를 만지고 커진 거야……?!"

"…………."

아무래도 무언가 착각하는 모양이었다.

"어…… 어어? 남자는 배를 만져도 흥분하고 그래? 아니면 탓군은 그런 특수한 성벽이——."

"아닙니다! 배 때문에 흥분한 게 아니에요!"

"하, 하지만, 지금……."

"아니, 그러니까 이건…… 그, 저는 지금, 영락없이 아야코 씨가…… 가, 가슴을 만지게 해주는 줄 알고."

"어……, ……어어어?!"

침착해지기 시작했던 안색이 다시 끓어오른 듯 붉게 물들었다.

"무, 무슨 생각 하는 거야, 탓군! 가슴을 만지게 할 리 없잖아!"

"그, 그렇긴 하지만요."

"내가 탓군의 손을 잡아당겨서 내 가슴을 만지게 하다니……, 으으! 그, 그런 변태 같은 짓은 안 해! 나는 배를 만지게 하고 싶었던 것뿐이야!"

"…………."

아니.

그건 그거대로 변태라고 할 수 있는 게 아닐까?

"가, 가슴을 만지게 하다니. 정말…… 엉큼한 생각만 하니까 그런 착각을 하는 거라고."

"……죄, 죄송합니다."

부루퉁해져서 화내는 아야코 씨에게 일단 사과했지만, 영 석연치 않았다.

으음……. 이건 내 잘못 아니지 않나.

아무리 생각해봐도 헷갈리게 행동한 아야코 씨 잘못이다.

그런 식으로 나오면 10명 중 10명은 착각할 거라고.

"하지만 아야코 씨……. 그렇다면 왜 배를……?"

"그건…… 지, 지금의 날 알아주길 바랐으니까."

아야코 씨는 머뭇거리면서도 말했다.

"탓군이 내 알몸이나 비키니를 본 건 벌써 한참 전 일이잖아? 그러니까…… 아까 몸매를 엄청 칭찬해줬는데, 그건 전부 옛날의 나인 거고……. 탓군이 지금의 나에게——30대가 된 나에게 환상을 품고 있다면 일찍 현실을 이해하게 해주는 게 좋을 것 같아서…….”

목소리가 점점 작아지고 웅얼거렸다.

“……그게, 말이지. 역시 나이를 먹으면 이래저래…… 쓸데없는 게 붙기 시작하거든. 요즘은 좀 귀찮아했더니 허리가 태만해져서…….”

“그런 걸 신경 쓰셨어요?”

“그, 그런 거라니……. 30대가 되면 신경 쓰이게 된다고!”

“신경 쓰지 않으셔도 괜찮아요. 아야코 씨는 전혀 안 찌셨으니까요.”

“……거, 거짓말! 그런 아부는 필요 없어! 탓군도 지금 만져서 확인했잖아?”

“그야, 뭐……. 확실히 살이 있다는 건 좀 느꼈지만요. 말랑말랑한 게.”

“그거 봐…….”

울상을 짓는 아야코 씨를 향해 나는 ‘하지만’ 하고 말을 이었다.

“평범한 체형인걸요. 게다가 저는 조금 살집이 있는 게 매력적이라고 생각해요. 그리고…… 배가 말랑말랑한 아야코 씨도 좀, 귀엽던데요.”

“……!”

“아니, 말랑말랑한 배가 귀엽다고 해야 하나, 말랑말랑한 배를 신경 쓰는 아야코 씨가 무척 귀엽다고 할까? 아니지, 말랑말랑한 배는 그거대로 매력이——.”

“자, 자꾸 말랑말랑하다고 하지 마!”

아야코 씨가 수줍어하며 소리쳤다.

“으으…… 정말이지~, 또 어른을 놀리고.”

“놀린 게 아닌데요…….”

“……배 만지고 커진 변태 주제에.”

“그러니까 그건 오해라고요!”

작은 목소리로 비아냥거리는 아야코 씨의 말에 당황하며 지적했다.

한동안 민망한 분위기가 흘렀다.

“……후훗.”

하지만 이내 아야코 씨가 웃음을 터트렸다.

“문병하러 온 건데 뭘 하고 있는 걸까? 우리…….”

자조적으로 중얼거린 후, 아야코 씨는 다시금 나를 보았다.

“미안해. 그…… 헷갈리게 해서.”

“아뇨. 저야말로 흉한 모습을 보여드렸습니다.”

서로 머리를 숙였다.

“일단…… 탓군이 많이 건강해진 것 같아서 안심했어.”

안도한 듯 그렇게 말한 직후 퍼뜩 얼굴을 붉혔다.

“지, 지금 ‘건강해졌다’고 한 건 열이 났던 걸 가리키는 말이야! 이, 이상한 뜻이 아니고!”

"괜찮습니다! 다 아니까요!"

참으로 쓸데없는 부연 설명을 추가해버리는 아야코 씨였다.

크흠, 하고 일단 헛기침을 한 뒤 그녀는 벌떡 일어나서 빈 그릇을 올려둔 쟁반을 들었다.

"그럼 나는 슬슬 돌아갈게."

"저기…… 정말로 감사했습니다. 기뻤어요. 문병하러 와 주셔서."

"아니야, 신경 쓰지 마. 푹 쉬고 빨리 낫자."

"네. 회복되고 나면── 또 데이트 신청하게 해주세요."

나는 말했다.

쑥스럽긴 했지만, 꾹꾹 누르고 말했다.

아야코 씨는 순간 어안이 벙벙해진 표정을 지었다가,

"……응, 기다릴게."

담백하게 대답해주었다.

그녀가 돌아간 후, 나는 침대에 누워 푹 쉬었다.

아직 몸은 조금 뜨거웠지만, 마음은 놀랄 만큼 상쾌했다.

♥

그날 밤──.

『아하하. 감기에 걸려서 데이트 취소라니, 예상하지 못한 결말인데. 아무리 나라고 해도 예상할 수 없었어. 이거 걸작이로군.』

"……웃을 일이 아니라고요."

『어이쿠, 실례. 그래, 남의 불행을 보고 웃는 건 좋지 않지. 하지만…… 딱히 불행이라고 단언할 순 없을지도 몰라.』

"네? 무슨 뜻이에요?"

『아테라자와는 데이트 대신 간호 이벤트를 클리어해버린 모양이니까. 플러스마이너스 제로라고 해야 할까, 불행 중 다행이라고 할까.』

"간호 이벤트라니……."

『이야기를 들어보니 그 이벤트로 친밀도도 착실하게 올린 모양이던데…… 후후. 데이트 당일에 앓아눕다니, 참 운이 없는 남자라고 생각했지만 반대로 운이 좋은 편일지도 모르겠어. 순조롭게 카츠라기 공략 플래그를 세워가는 것 같아서 다행이야.』

"……너무 게임뇌가 되어버린 거 아니에요? 오이노모리 씨."

『하하하. 그럴지도 모르지. 요즘 게임 프로젝트가 밀려들었거든. 머리가 완전히 그쪽에 물들어버린 모양이야.』

"참나……."

『아테라자와, 라……. 후후후.』

오이노모리 씨가 말했다.

아주 유쾌하다는 목소리로.

『꼭 한번 만나서 대화해보고 싶어.』

엄마
딸이 아니라 나를 좋아한다고?!

제3장
성탄절과
수영복

♠

본래대로라면 여기서는 바로 다음 이야기로 넘어가야 할 것이다.

앞 챕터의 끝부분에서 대놓고 복선을 깔았으니 분명 다들 예상했을 테지만, 다음 이야기에서는 아야코 씨의 상사—— 오이노모리 유메미 씨가 별안간 우리 앞에 나타나 한바탕 소동이 일어난다.

하지만.

그런 '오이노모리 씨 급습편' 전에 꼭 해두고 싶은 이야기가 있다.

시계열을 비틀어서라도 끼워 넣고 싶은 회상이 있다.

그것은—— 아야코 씨의 비키니 산타에 대하여.

앞 챕터에서 조금 언급한 코스프레 의상이지만…… 너무 묘사가 부족했다고 할까, 정보가 지나치게 단편적이었다고 할까.

이대로는 그녀가 그냥 장난으로 변태 같은 복장을 했다는 오해를 받을 우려가 있다.

아니다. 그렇지 않다.

아야코 씨가 부끄러운 옷을 입게 된 것에는 제대로 된 이유가 있다.

그녀다운 이유가 있다.

나는 어떻게든 그것만큼은 말해두고 싶다. 주석을 넣고 싶다. 내가 오해받는 건 괜찮지만, 아야코 씨가 오해받는 것만큼은 참을 수 없다.

그러니 부디, 갑작스러운 과거 회상편을 용서해주시길.

만약 허락해주신다면—— 이대로 잠시 들어주세요.

이건 아직 10년 전의 이야기.

내가 아직 어린아이였던 시절의 이야기다.

12월도 반이 지나갔을 무렵——.

내가 초등학교에서 돌아오자, 옆집 주차장에서 아야코 씨를 발견했다.

저쪽도 나를 알아보고 부드럽게 웃으며 손을 흔들어주었다.

"다녀왔니? 탓군."

"다녀왔습니다, 아야코 마마."

그만 목소리가 한 톤 올라갔다. 이런 식으로 우연히 딱 마주치다니, 오늘은 정말 좋은 날이다.

나는—— 아야코 마마를 좋아한다.

초등학생인 나는 제대로 표현하지 못하지만, 뭐라고 할까…… 여성으로서 좋아한다.

처음 만났을 때부터 첫눈에 반하다시피 했고—— 그리고 같이 목욕하면서 그녀의 약한 면과 고결한 모습을 알았을 때, 그 마음이 더욱 깊어졌다.

한층 구체적으로—— 그녀와 사귀고 싶다고, 결혼하고 싶다고 생각하게 되었다.

물론 지금은 사귈 수 있다고 생각하지 않는다.

나 같은 어린아이가 어른 여자에게 그런 말을 해봤자 제대로 상대해주지 않을 테고, 괜한 폐를 끼치게 될 우려가 있다.

하지만 언젠가는——.

"아야코 마마는 미우짱 데리러 가?"

"아니, 데리러 가기 전에 잠깐 쇼핑하러 가려고……."

거기서 잠시 생각에 잠긴 모습을 보인 후,

"있지, 탓군. 오늘 뭐 할 일 있니?"

아야코 마마가 나에게 물었다.

"아무것도 없는데……."

"그래? 그럼——나와 같이 쇼핑하러 가지 않을래?"

거절할 리 없는 나는 흔쾌히 받아들였다.

집에 있던 엄마에게 제대로 허락을 받은 후, 나는 아야코 마마의 차에 탔다.

"오늘은 미우의 크리스마스 선물을 사려고 해."

국도를 달리는 차 안에서 운전석에 앉은 아야코 마마가 말했다.

"그렇구나. 이제 곧 크리스마스지."

"아직 조금 이르지만, 일찍 사러 가지 않으면 원하는 장난감이 없어질지도 모르니까. 선물을 사면 산타인 척── 앗. 그, 그런데 탓군."

아야코 마마는 불안해하며 물었다.

"탓군은…… 산타가 있다고 생각하니?"

"어……? 어, 없지 않을까?"

아테라자와 가는 아무래도 그런 쪽에선 신경 쓰지 않는 집이었던 건지, 나는 아주 어릴 때부터 산타를 믿지 않았다.

크리스마스 선물은 그냥 부모님이 원하는 걸 사 줬기 때문에 당일 아침 머리맡에 선물이 놓여있던 경험은 없다.

"그렇구나……. 다행이다. 탓군이 산타를 믿었다면 자칫 꿈을 부숴버릴 뻔했어."

안심한 듯 숨을 내쉬는 아야코 씨.

"나는 안 믿지만, 미우짱은 믿을지도 몰라. 아직 5살이니까."

"그래! 요즘 유치원에서도 산타 노래를 연습하는 건지, 집에서도 불러주는데…… 정말, 너무너무 귀여워! 산타에게 받을 선물도 기대하는 것 같으니까 엄마가 팔 좀 걷어붙여야겠다는 생각이 드는 거야."

"역시 아야코 마마네."

"그렇게 칭찬받을 일이 아닌데. 이 정도는 평범한 거야. ……앗. 탓군, 오늘 일은 미우에겐 비밀로 해줘."

"응, 알았어."

"부탁할게. 둘만의 비밀이야."

빨간 신호가 되어 차가 멈추자, 아야코 마마는 이쪽으로 손을 내밀었다.

새끼손가락만 세우고.

"자, 약속."

"…………."

으음. 여전히 아야코 마마는 나를 유치원생처럼 대한단 말이지. 나는 벌써 10살인데.

복잡한 기분이 들면서도 새끼손가락을 걸었다. 아야코 마마의 손은 조금 차갑지만 부드러워서, 왠지 가슴이 두근거렸다.

신호가 파란색으로 바뀌고 다시 차가 움직이기 시작했다.

"저기, 아야코 마마. 뭐 살지는 이미 정했어?"

"물론이지!"

별생각 없이 물어보자 아야코 마마는 힘차게 고개를 끄덕였다.

"올해 크리스마스는 미우를 위해―― 러브카이저 변신 아이템을 살 거야!"

그 눈동자는 무시무시할 정도로 반짝반짝 빛났다.

시내에 있는, 이 근방에서는 가장 큰 장난감 마트.

"탓군이 따라와 줘서 정말 다행이야. 이런 곳에 혼자 오는 건 아직 익숙하지 않거든."

주차장에 차를 세우고 내리면서 아야코 마마가 쓴웃음을 지으며 말했다.

나를 데려온 이유는 그것이었던 모양이다.

올해부터 미우짱의 엄마가 된 아야코 마마에겐 장난감 가게에서 가족 손님 사이에 끼어 쇼핑하는 건 벽이 상당히 높았던 거겠지.

"어라……. 역시 꽤 북적거리네."

"그런 시기니까."

가게 안은 크리스마스 분위기로 물들었다는 느낌이었다. 평일 저녁 시간대인데도 불구하고 가족 손님이 많이 보였다.

혼잡한 가게 안을 바라보며,

"탓군, 자."

아야코 마마는 이쪽에 손을 내밀었다.

"어……."

"손잡자. 떨어지면 안 되잖아."

"……돼, 됐어. 괜찮아."

"부끄러워하지 말고. 미아가 되면 큰일이잖니. 자."

쑥스러워서 사양하는 나였으나, 아야코 마마는 그런 내 의견을 무시하고 조금 억지로 손을 잡았다.

우와.

손…… 잡았다.
“자, 가자.”
“으, 응.”
두근거리는 나와는 대조적으로, 아야코 마마는 태연했다.
나와 손을 잡고 있어도 아무 생각이 없는 모양이었다.
허무한 것 같기도 하고 분한 것 같기도 한, 복잡한 기분이었다.
당연한 거지만…… 지금의 나는 아야코 마마에겐 그저 이웃집 아이이자, 아들 같은 존재일 뿐이다.
“……그런데 탓군.”
손을 잡은 채로 여아용 장난감이 있는 장소를 향해 걷고 있을 때였다.
“탓군은…… 러브카이저 안 보니?”
불안과 기대가 섞인 목소리로 아야코 마마가 물었다.
“안 봐……. 난 남자니까.”
안 보는 건 사실이었고, 게다가 남자인데 여아용 애니메이션을 본다고 생각하는 게 왠지 부끄러워서 나는 그렇게 대답했다.
하지만 아야코 마마는,
“그, 그렇구나…….”
노골적으로 실망한 얼굴이었다.
어, 어라?
나 뭔가 잘못했나?

불안해진 나는 허둥지둥 입을 열었다.

"그, 그게…… 하지만, 지금 엄청 화제인 것 같더라. 러브카이저."

"그래! 지금 러브카이저가 아주 핫하다고!"

별안간 아야코 마마의 눈이 반짝이기 시작했다.

"지금 방영하는 '러브카이저 조커'는 정말 대단한 작품이야! 52명의 러브카이저가 마지막 한 명이 될 때까지 싸운다는 참신하면서도 도전적인 작풍으로 업계관계자 사이에서도 무척 주목을 받고 있지! 내용이 내용인 만큼 클레임도 엄청나게 들어오는 것 같지만……. 그래도, 그냥 쓸데없이 잔인한 이야기를 하는 게 아니라, 제대로 심오한 인간 드라마가——."

"…………."

피가 끓어오른다는 듯 늘어놓는 말에 내가 압도당하고 있었더니, 아야코 마마는 퍼뜩 정신을 차린 듯한 표정을 지었다.

"그게……, 그렇다는 평가를 받는 모양이야. 내가 어떻다는 게 아니라, 세간에서 그런 식으로 평가한다는……."

"……아야코 마마는 러브카이저 좋아해?"

"어?! 무, 무슨 소리야, 탓군! 나는 이제 어른이잖니! 여아용 애니메이션에 빠지지 않아! 그냥 미우가 보니까 같이 보는 것뿐이야! 그래, 어디까지나 미우를 위해서! 아아, 사실은 일요일 아침엔 더 늦게까지 자고 싶은데 말이야. 미우가 깨운단 말이지. 엄마도 큰일이라니까."

"……그, 그렇구나."

왠지 모르게 이 이상 파고 들면 안 될 것 같은 느낌이 들어서 나는 눈치껏 고개를 끄덕였다.

그대로 우리 둘은 여아용 장난감 코너에 도착했다.

"와, 러브카이저 장난감이 엄청 많네."

색색의 변신 도구가 매대 하나를 전부 채울 정도로 잔뜩 놓여 있었다.

"아야코 마마, 뭐 살지는 정했어?"

"……열심히 고민해서 두 개까진 줄였어."

고뇌하는 표정으로 선언하는 아야코 마마. 극한까지 고민했다는 게 전해지는, 깊은 고통이 묻어나오는 표정이었다.

"하나는 '러브카이저 스피드'의 변신 아이템, '콩닥콩닥 씽씽 로드'. 이타도리 치에가 변신하는 '스피드'는 메인카이저 중 한 명으로, 미우가 제일 좋아하는 캐릭터야. 전부터 이 장난감을 갖고 싶다고 그랬어."

"그, 그렇구나."

"다른 하나는── '러브카이저 솔리테어'의 변신 아이템, '변신총 두근두근 심쿵 매그넘'. 쿠이나지마 히유미가 변신하는 '솔리테어'는 소위 서브 카이저 중 한 명인데…… 아무튼 아주 매력적인 캐릭터야. 그 존엄함은 말로는 표현할 수 없으니까, 한 번 봐야 알 수 있어!"

"으, 으응."

어쩌지.

낯선 전문용어 같은 게 자꾸 튀어나오는데.

'소위'라고 해도 무슨 소리인지…….

"있지, 탓군은 어느 게 좋다고 봐?"

"으음……. 역시 미우짱이 좋아하는 게 좋지 않을까?"

"……뭐, 그렇지. 그런 의견도 있어. 하지만 이런 장난감은 중장기적인 시점으로 생각해야 한다고 보거든. 확실히 '스피드'는 천진난만하고 활기차고 귀여우니까, 미우가 좋아하는 것도 알지만……. 방송 후반까지 오래 활약하는 건 '솔리테어'가 될 것 같아. 장기적인 안목으로 생각하는 게 좋지 않을까?"

"어……, 하지만 미우짱에게 줄 선물이니까 미우짱이 원하는 걸 주는 게 좋……."

"…………그래. 그 말이 맞아. 탓군은 틀리지 않았어. 하지만 아이가 원하는 걸 그냥 주기만 하는 게 과연 올바른 어머니일까? 그게 부모의 사랑인 걸까? 정말 아이를 위한다면 마음을 독하게 먹는다고 해도 장래적으로 도움이 되는 걸 선물해야 하지 않을까?"

"…………."

"미우는 아직 어리니까 히유밍의 다크하고 스타일리시한 매력을 눈치채지 못하는 것뿐이야! 아, 히유밍이라는 건 쿠이나지마 히유미를 인터넷상에서 부르는 애칭이야. 히유밍은 성인팬의 인기가 대단하지만, 어린아이들 사이에선 애매하다더라……. 그리고 요즘은…… 잘 안 나오거든. 스포일러가 되니까 자세히 말할 수는 없지만…… 흉악한 레벨의 트라우마가 생겨서 리타이어하는 바람에……. 하지만, 이건 반드시 각성 플래그야! 좀 더 기다리면 분명 어마어마한 강화폼을 손에 넣고 전장에 돌아올 거라고. 그러면 미우도 히유밍에게 푹 빠지게 될 텐데! 그러니까 여기선 언젠가 오게 될 강화폼을 내다보고 히유밍의 변신 아이템을 사두는 게 미우를 위한 선물이 되지 않을까? 그렇게 생각하지 않니?"

"……어. 응."

나는 말했다.

무슨 말을 하는 건지 반도 머리에 들어오지 않았지만, 동의를 요구하니 '응'이라고 할 수밖에 없었다.

"아야코 마마가 그렇게 생각한다면, 그렇게 하면 되지 않을까?"

"……아아, 탓군. 겉치레로 웃으면서 대충 넘기지 말아줘! 그만해…… 그런 귀찮은 생물을 보는 듯한 눈으로 보지 마……. '이미 결론을 내린 걸 남에게 물어보지 마'라는 표정은 짓지 마……!"

그렇게까지 구체적인 표정은 지은 적 없다.

뭐, 솔직히 좀, 귀찮다는 생각은 했지만.

그렇구나. 나는 지금 이 순간까지 '겉치레로 웃는다'는 말을 알고는 있어도 구체적으로는 어떤 건지 잘 몰랐지만……. 지금 나 같은 심경으로 짓는 미소를 어른들은 '겉치레로 웃는다'고 부르는 모양이다.

"으, 으으……. 알아, 나도 안다고. 전부 탓군의 말이 맞아. 이건 미우에게 줄 크리스마스 선물이니까…… 미우가 원하는 걸 고르는 게 제일 좋지……."

아야코 마마는 오열 섞인 목소리로 스스로에게 타이르듯 말하며, 떨리는 손으로 '러브카이저 스피드'의 변신 장난감을 들었다.

하지만 계산대로 향하는 도중, 자꾸만 뒤를 돌아보며 '러브카이저 솔리테어'의 변신 장난감을 아쉬워하는 눈으로 바라보았다.

계산대에서 계산한 뒤 장난감을 선물용으로 포장해달라고 했다.

쇼핑을 끝내고 가게에서 나오기── 직전.

"저, 저기, 탓군."

아야코 마마가 입을 열었다.

"화장실 안 가도 괜찮아?"

"응, 지금은 괜찮아."

"그래? 아니, 하지만…… 만약을 위해 한 번 가 두는 게 좋지 않을까?"

"어……? 하지만."

"만약을 위해서야. 혹시 모르니까. 속은 셈 치고 한 번 가보면

의외로 나올지도 몰라.”

“……그, 그럼 다녀올게.”

어째서인지 다른 말을 하면 안 될 것 같은 압력을 가하며 화장실에 갈 것을 권하는 아야코 마마.

나는 일단 고개를 끄덕이고 화장실로 향했지만── 역시 마음에 걸려서 발을 멈췄다.

아야코 마마…… 대체 왜 그러는 거지? 유난히 나를 화장실에 보내고 싶어 했는데, 혼자서 뭘 할 생각인 걸까?

살그머니 돌아와 몰래 숨어서 상황을 살피자──.

“──!”

눈 앞에 펼쳐진 광경에 나는 말문이 막혔다.

아야코 마마는 계산대에 줄을 서 있었다.

그 손에 들려있는 것은── 조금 전, 한참을 고민한 끝에 사지 않았던 장난감인 ‘러브카이저 솔리테어’의 변신총이었다.

나는…… 뭐라고 할까, 많은 것을 알아차렸다.

아야코 마마, 역시 자기가 갖고 싶었던 거구나.

미우짱에게 하나 더 선물…… 해주려는 건 아마 아닐 것이다. 저건 분명 자기가 가지고 놀기 위한 장난감이다.

그렇구나.

어른이 되어도 애니메이션 속 변신 도구를 갖고 싶어하기도 하는구나.

사고 싶다면 그냥 사면 될 텐데. 하지만 역시 내가 보는 앞에서는 사기 불편한 걸까.

어른도 고생이구나.

"룰루~ 루……. 앗, 탓군……."

"기다렸지?"

나는 쇼핑을 마치고 흥겹게 걷고 있던 아야코 마마에게 화장실에서 돌아온 척하며 다가갔다.

"앗. 이, 이건……."

새로 늘어난 장난감에 잠깐 시선을 주고는,

"그게, 그러니까…… 바, 받았어."

아야코 마마는 그렇게 말했다.

아주 어색한 미소를 지으면서.

"바, 받았다고?"

"그래! 받았어! 우리가 말이지, 마침 이 가게의 1만 명째 손님이었대! 그래서 원하는 장난감을 하나 준다고 해서……. 딱히 갖고 싶은 것도 없었으니까, 가장 먼저 생각난 걸 받아왔어. 정말 뭘 받아도 괜찮았지만!"

"………."

거, 거짓말이잖아……!

사실은 직접 샀는데, 상당히 엉성한 거짓말로 덮으려 했다. 어린아이를 속인다고 해도 조금 더 그럴싸한 변명이 있지 않을까?

지적하고 싶은 곳이 한두 개가 아니었지만,

"그래? 대단하다, 아야코 마마."

나는 상대의 말을 일절 부정하지 않고 순진하게 믿은 척했다.

"으, 응……. 정말 운이 좋았어."

아야코 마마는 안도한 듯 웃었다.

응. 이거면 됐어. 잘 된 거다.

아야코 마마가 즐거워한다면 나는 그게 좋다.

돌아가는 길, 차 안에서——.

"아야코 마마, 러브카이저 장난감은 이브날 밤에 미우짱의 머리맡에 둘 거야?"

"그러려고. 그리고 서프라이즈를 하나 더 생각했어."

"서프라이즈?"

"머리맡에 선물을 두는 작전은 실패하는 경우도 많대. 선물을 놓는 순간에 아이가 깨어나곤 해서. 그래서 나는—— 한 가지 더 준비하려고."

"한 가지 더?"

"선물을 놓을 때, 내가 산타 복장을 하는 거야. 그러면 만약 미우가 깨버려도 산타라고 믿을 테니까, 꿈을 깨뜨리지 않을 수 있잖아?"

"……그렇구나. 재미있겠다, 그거."

“후후. 그렇지? 사실은 이미 산타 옷도 인터넷에서 사놨어. 아, 맞다. 돌아가면 시험 삼아 입어볼 테니까, 산타로 보이는지 확인해줄래?”

그런 대화를 하고——.

차를 타고 카츠라기 가에 돌아간 후, 나는 그 집에 들어가게 되었다.

거실 소파에 앉아 갈아입는 게 끝나길 기다리고 있었더니,

“타, 탓군…….”

참으로 궁상맞은 목소리와 함께 거실문이 열렸다.

고개를 든 나는 경악했다.

그곳에 있는 건—— 산타 모자를 쓴 비키니 차림의 아야코 마마였다.

빨간색과 하얀색이라는 산타 같은 배색. 하지만 가장 많은 것은 피부 면적이다. 너무 노출이 많다. 커다란 가슴이 당장에라도 붉은 천에서 비집고 나올 것 같았다.

“으, 으으……. 실수했어…….”

말문이 막힌 나에게 아야코 마마는 부끄러운 듯 두 손으로 얼굴을 눌렀다.

“어? 어…… 어어어?”

왜?

이런 한겨울에, 왜 비키니?

여기는 언제부터 남반구가 된 거지?

“제대로 안 보고 ‘산타, 코스프레, 여자’로 검색해서 샀는데…… 이게 도착했어……. 어쩌지……?”

울상을 짓고 중얼거리면서 자신의 모습을 확인하는 아야코 마마.

몸을 움직이면 그때마다 가슴이나 엉덩이가 강조되는 바람에 나는 숨을 삼켰다. 너무 쳐다보면 안 된다는 걸 아는데도 시선이 자꾸만 그쪽으로 끌려들어 갔다.

우와아.

엄청나다. 너무 엄청나다.

아야코 마마는…… 역시 몸매가 좋구나.

무엇보다 먼저, 가슴이 아주 크다.

아무튼 크다.

그런데 허리는 잘록한 게 전혀 뚱뚱하지 않았다.

전에 욕실에서 알몸을 본 적은 있었지만…… 새빨간 비키니를 입은 글래머러스한 육체는 어느 의미 알몸보다 더 야한 느낌이 들었다.

“일단 입어봤는데…… 역시 이 옷은 틀렸어. 아무리 집 안이라고 해도 춥고……. 게다가, 좀 야해.”

“자, 잘 어울려. 아야코 마마.”

“……아하하. 고마워, 탓군.”

아야코 마마는 힘없이 웃었다.

"하아……. 우선 이 비키니는 봉인하기로 하고, 제대로 된 걸 다시 사야겠어. 인터넷으로 사면 또 실수할지도 모르니까, 가게를 돌면서 찾아볼까……."

"그, 그렇게까지 안 해도 괜찮지 않을까? 미우짱이 밤중에 일어날지 아닐지도 모르잖아."

"으음~, ……싫어. 할래."

조금 고민하는 듯한 모습을 보였지만, 바로 굳세게 고개를 끄덕였다.

고집을 부리는 어린아이 같은 말투였다.

"이런 이벤트는 최선을 다해 즐기겠다고 정했어."

아야코 마마는 말했다.

눈동자에 강한 의지와 아주 약간의 덧없음을 담고.

"미우가 쓸쓸해 하는 건 반드시 막고 싶고……. 게다가, 언니와 형부가 하고 싶어도 못 하는 걸 전부 해주고 싶으니까. 그러니까 지나칠 정도가 딱 좋아."

"아야코 마마……."

아아——.

역시 아야코 마마는 대단하다.

가끔 덜렁대는 구석도 있지만, 진짜 그녀는 누구보다 상냥하고, 누구보다 깊은 애정을 미우짱에게 쏟고 있다.

"……응, 그래. 지나칠 정도로 하는 게 즐겁지."

나는 자연스럽게 웃었다. 좋아하는 사람의 좋아하는 부분을 재확인한 것 같은 느낌이 들어서, 마음이 따뜻한 것으로 채워졌다.

"나도 얼마든지 협력할 테니까, 뭐든 말해."

"고마워, 탓군. 그럼…… 첫 번째 부탁인데."

아야코 마마는 검지를 입가에 세웠다.

"오늘 이 옷차림에 대한 건…… 아무에게도 말하지 마."

농담 같은 말투와 동작이었지만 눈 만큼은 진심이었기에,

"으, 응. 알았어."

나는 고개를 크게 끄덕였다.

――회상 종료.

내가 '아야코 씨'를 '아야코 마마'라고 부르던 시절의 이야기는 이것으로 일단락.

참고로 사족을 붙이자면―― 아야코 씨는 이후, 아주 평범한 산타 옷을 사서 밤중에 선물을 두는 것에 성공했다. 미우는 갖고 싶어 했던 장난감을 받고 아주 기뻐했고……. 뭐, 그 장난감으로 변신하는 '러브카이저 스피드'가 크리스마스 다음 주 에피소드에서 갑자기 죽어버린다는 작은 비극이 있었지만―― 그해의 크리스마스는 전체적으로 대성공을 거두었다.

다만 이 이야기에는 후일담 같은 게 있다.

첫 성공에 맛을 들인 아야코 씨는 그 후 매년 코스프레를 했으나—— 어느 해를 기점으로 뚝 멈추고 말았다.

미우가 중학교 2학년일 때의 크리스마스였던가.

그 해는 나도 저녁 식사에 초대받아 셋이서 즐겁게 크리스마스 음식을 즐기고 있었다.

"그러고 보니."

크리스마스 케이크를 다 먹은 뒤에 미우가 문득 입을 열었다.

정말 별것 아니라는 듯한 말투로, 담백하게.

"엄마가 산타 코스프레하고 내 머리맡에 선물 두는 거, 올해부턴 관두지 않을래?"

"……어?"

아야코 씨는 경악한 표정으로 굳어버렸다.

당연하게도 올해도 실행할 예정이었고, 나도 사전에 이런저런 계획을 들어주었지만—— 그런 상황에 못을 박는 듯한 미우의 한마디였다.

"……무, 무슨 말이니? 미우. 산타 코스프레라니…… 무, 무슨 소리지? 미우의 선물은 미우가 착한 아이니까 산타가——."

"아, 이제 됐어. 그런 건 됐거든?"

동요하면서도 필사적으로 웃으며 변명하는 아야코 씨에게 미우가 손바닥을 휘휘 내저었다.

"마음은 기쁜데, 나도 이제 중학생이야. 슬슬 눈치채지 못한 척하는 것도 힘들어졌어."

"누, 눈치채지 못한 척이라고?! 어……? 그, 그럼 미우…… 너, 설마……?"

"당연히 알았지. 5년 전부터였나."

"5년……?!"

"엄마가 열심히 하니까 맞춰주지 않는 것도 미안해서, 작년까지는 속은 척했는데……. 엄마가 통 그만둘 기색을 보이지 않으니까. 아무리 그래도 중학생이 되었는데도 계속할 줄은 몰랐단 말이야."

"…………."

"뭔가 좀, 내가 다 부끄러워진다고. 엄마가 매년 산타 코스프레한다는 게. 20대 초반일 때라면 아슬아슬 세이프라고 보지만, 엄마도 이젠 20대 후반이잖아."

"…………."

"그러니까 올해부턴 하지 마. 서로 그게 더 편할 거야. 음, 그렇게 하자. 어휴, 겨우 말했네. 5년 전부터 말하고 싶었는데, 간신히 말했어."

미우는 그 말대로 진심으로 개운해 하는 표정이었고── 반면 아야코 씨는…… 말로 다 표현할 수 없을 만큼 깊은 절망과 수치심에 잠긴 표정으로 부들부들 떨고 있었다.

그 후 토라진 그녀가 방에 틀어박히는 바람이 이래저래 고생하는 크리스마스가 되어버렸지만, 뭐, 지금 와서 돌아보면 좋은 추억이다.

이상으로── 비키니 산타 사건의 보충 설명은 끝이다.

……뭘까. 아야코 씨의 미담을 늘어놓을 생각이었는데, 덜렁대는 에피소드가 더 많아진 느낌도 들지만── 아무튼.

메인 에피소드와 상관없는 회상은 이것으로 종료.

들어주셔서 감사합니다.

그럼 이어서 본편을 즐겨주세요.

제4장
늑대와 급습

♥

말 그대로 마른하늘에 날벼락이었다.

평일 대낮, 연락도 없이, 아무런 전조도 없이 나타났다.

"여어, 오랜만이야. 카츠라기."

"오이노모리 씨……."

현관문을 연 나는 무심코 그 자리에 우뚝 서버렸다.

고급 브랜드에서 나온 바지 정장이 잘 어울리는, 늘씬한 모델 체형.

반듯하고 포멀한 의상과는 대조적으로 곱슬곱슬한 머리카락을 늘어뜨린 헤어스타일. 하지만 그 야성적인 분위기가 정장과 절묘하게 매칭되어 언밸런스한 매력을 만들어내고 있었다.

벌써 40대인데도 그 얼굴은 젊고, 피부에도 탄력이 있다.

그리고 무엇보다── 눈.

늑대가 연상되는 매서운 안광은 처음 만났을 때부터 전혀 변한 게 없다.

오이노모리 유메미.

내가 근무하는 기업 '주식회사 라이트십'── 그 대표이사다.

"오늘 밤에 소라 선생님과 만나기로 했거든. 겸사겸사 카츠라기를 만나러 왔지."

거실 소파에 털썩 앉은 오이노모리 씨는 그런 식으로 방문 이유를 밝혔다.

소라 선생님이란 이 근방에 사는 베테랑 여성 일러스트레이터다. 우리 회사와 몇 번 같이 일한 적이 있으며 나와도 친한 사이이다.

"오는 건 괜찮지만…… 하다못해 전날, 아니, 당일에라도 연락해 주세요."

돌체구스토로 탄 커피를 내오며 내가 말했다.

"거의 없다고요. 평일 대낮에 연락도 없이 오는 사람은."

"미안하군. 놀라는 카츠라기의 얼굴을 꼭 보고 싶어서."

사과하는 것처럼 들려도 실질적으로는 전혀 사과하지 않는 오이노모리 씨였다.

하아. 진짜 변하질 않는구나, 이 사람은.

아무튼 울트라 마이페이스다.

그녀의 이 뜬금없는 발상에 내가 몇 번을 휘둘렸는지.

"하지만 정말 오랜만이야, 카츠라기."

컵을 들며 오이노모리 씨는 감개무량하다는 듯 말했다.

"대충 반년만에 보나?"

"……그러게요. 매일같이 전화하니까 그리 오랜만이라는 느낌은 안 들지만요."

"하하하. 그렇긴 하지."

『주식회사 라이트십』.

한때 대형 출판사의 카리스마 편집자였던 오이노모리 유메미가 독립해서 세운 회사. 업무 내용이 다방면에 걸쳐 있기에 다른 사람에게 설명하는 것은 몹시 어렵지만…… 게임, 애니메이션, 라이트노벨 등 다양한 엔터테인먼트 사업에 손을 대고 있다.

나는 10년 전에 입사하여 지금도 어찌어찌 사원으로서 일하고 있다.

업무시간 대부분은 재택근무.

가끔 여기저기 외출해야만 할 때도 있지만, 기본적으로는 집에서 컴퓨터를 이용해 작업하고, 대화할 일이 있다면 거의 전화나 메일로 끝내고 있다.

그래서 얼굴을 보는 건 꽤 오랜만이다.

하아……. 여전히 부러울 정도로 안 늙는구나, 이 사람. 아무도 40대인 줄 모를 거야. 노력하면 20대로도 통할 것 같은데.

"한동안 못 보는 사이에…… 카츠라기는 조금 둥글어진 것 같군."

생각에 잠긴 듯한 말투로 오이노모리 씨가 말했다.

"네……? 둥글어졌다고요?"

"그래. 뭐라고 해야 하나, 전체적으로 살이 올라서 둥글둥글해진 느낌이야."

"체형 이야기였어요?!"

성격이 둥글어졌다는 게 아니고?!

비유 표현이 아니라 말 그대로 둥글둥글하단 뜻?!

"……오이노모리 씨, 동성 상사라고 해도 개인의 사적인 부분에 대해 언급하는 것은 어엿한 성희롱이고 갑질이거든요. 슬슬 공론화할까요……?"

"노, 농담이야. 정말이지…… 여전히 깐깐하다니까."

순간 움츠러든 모습을 보인 후,

"체형이 아니라 분위기. 뭐, 원래부터 모난 타입도 아니었지만……. 동작이나 기척이 전보다 한층 부드러워져서 여자로서의 매력이 늘어난 느낌이 들어."

오이노모리 씨는 그렇게 말했다.

꿰뚫어 보는 듯한 눈으로 나를 바라보면서.

"역시 여자는 사랑에 빠지면 아름다워지는 모양이야."

"무슨……! 따, 딱히 사랑에 빠진 적 없거든요……."

"후후. 그렇게 쑥스러워하지 말고."

"쑥스러워한 적 없어요. 애초에…… 분위기가 바뀌었다거나 하는 건, 그거예요. 확증 편향! 제가 사랑에 빠졌다는 결론을 내리고 보니까 그렇게 보이는 것뿐이고……."

"하하하. 그럴지도 모르겠군."

필사적으로 반론했지만 오이노모리 씨는 적당히 흘려넘겼다.

"그런데 카츠라기. 네가 사랑에 빠졌는지 아닌지는 불명인 걸로 쳐도── 너를 사랑하는 사람은 한 명, 확실하게 존재하잖아?"

“…………”

“그 아테라자와 타쿠미는 지금 어디서 뭘 하고 있지?”

“……지, 지금은 집에 있을 거예요. 오늘은 대학에 안 간다고…… 아침에 미우에게 연락했거든요. 강의가 휴강하는 바람에 집에서 과제한다고.”

“흐음, 그거 잘 됐군.”

오이노모리 씨가 히죽 웃었다.

“그럼 카츠라기, 모처럼 왔으니 초밥이라도 시킬까?”

물론── 3인분으로.

그렇게 덧붙이며 매섭게 웃었다.

♠

말 그대로 마른하늘에 날벼락이었다.

『탓군, 점심 먹었어?』

『아직인데요…….』

『그럼 우리 집에서 같이 초밥 먹지 않을래?』

『그래도 괜찮아요? 무척 기쁘지만, 갑자기 왜요?』

『좀 일이 있어서……. 이상한 사람이 한 명 있지만 그래도 괜찮다면.』

그런 갑작스럽고 미스테리한 권유를 받은 내가 이웃집인 카츠라기 가에 향하자── 그곳에서 기다리고 있었던 것은 이 자리가 불편한 듯한 표정은 아야코 씨와 유독 비싸 보이는 초밥 3인분.
그리고,
"안녕. 아테라자와 타쿠미 군."
야성적인 분위기가 감도는, 정장을 빼입은 미녀였다.
"자, 멍하니 서 있지 말고 어서 앉도록 해."
"……네, 네에."
그 사람은 마치 여기가 자신의 집이라도 되는 것처럼 여유로운 태도로 자리를 권했다. 너무나 자연스럽게 명령하는 바람에 반사적으로 따르고 말았다.
"그럼 우리 세 사람의 만남과 건강과 활약을 기원하며── 건배."
맞은편 소파에 앉은 여성이 마이페이스로 건배 선창을 하고, 아야코 씨도 거기에 맞췄다. 나도 급히 테이블에 놓여있던 컵을 들어 올렸다.
"그런데 아테라자와, 초밥 좋아하나? 싫어하는 재료는?"
"어…… 네, 뭐 좋아합니다. 싫어하는 재료도 딱히 없고……."
"그래? 그거 다행이군. 나는 연어와 연어알 말고 다른 초밥은 싫어하니까 친해진 기념으로, 다른 건 전부 네게 주지."
"네? 어……."
"사양할 거 없어. 젊으니까 많이 먹도록."

말이 끝나자마자 재빠르게 연어와 연어알 말고 다른 초밥을 내 그릇에 옮겨주었다.
모처럼 비싸 보이는 초밥인데.
연어와 연어알 빼고는 싫다니, 어린아이 같은 입맛이구나——
아니, 그런 건 아무래도 상관없고.
잠깐만.
이 사람은 누구지?
거물이라는 아우라를 뿌리면서 친근하게 대하는데, 대체 누구인 거지?
"미, 미안해, 탓군……. 갑자기 불러내서."
당황하는 나에게 옆에 앉은 아야코 씨가 면목 없다는 듯 말했다.
"나는 싫다고 했는데, 도저히 거절하지 못해서……."
"아뇨, 그건 괜찮은데요……. 이분은 누구시죠?"
"으음, 이 사람은——."
"아차, 그러고 보면 자기소개가 아직이었지. 나는 이런 사람이야."
아야코 씨의 대답을 가로막듯 말한 여성이 젓가락을 내려놓은 뒤 주머니에서 명함을 꺼냈다.
앉은 채로 대충 건네주긴 했지만 나는 일단 일어나서 두 손으로 받았다.

으음, 명함 받는 법이 이게 맞지?

"성은 오이노모리, 이름은 유메미. 재밌고 신나게 하루하루 살고 싶을 뿐인…… 뭐, 한량 같은 여자지."

적당한 말을 늘어놓고 다시 식사를 재개하는 여성── 오이노모리 씨.

신기한 박력에 압도당하면서 명함에 시선을 내린 나는 경악했다.

"'주식회사 라이트십' 대표이사 사장…… 어? 사장?!"

반사적으로 얼굴을 들고 오이노모리 씨를 바라본 뒤 이번에는 아야코 씨를 보았다.

"'라이트십'이면 아야코 씨가 다니는 회사 아니에요……?"

"……맞아."

"그럼 이 사람이…… 아야코 씨가 다니는 회사의 사장님……."

"…………그, 그렇게 되지. 본의 아니게도."

복잡한 표정을 짓는 아야코 씨였다.

나는 다시금 오이노모리 씨를 물끄러미 바라보았다. 몰랐다. 아야코 씨가 다니는 회사의 사장님이 이런 호탕한 느낌의 미녀였다니.

"직책에 의미는 없어. 회사를 세운 인간이니까 어쩔 수 없이 사장으로 일하는 것뿐이야. 이 지위에 집착도 없지. 뭣하면 지금 당장에라도 후진에게 길을 양보해주고 싶을 정도인데. 어때?

카츠라기. 나 대신 사장할래?"

"농담이라도 그런 말 마세요. 우리 회사는 오이노모리 씨의 인맥과 명성으로 돌아가다시피 하고 있으니까."

어디까지 진심인지 알 수 없는 말을 기가 막힌다는 듯 흘려넘기는 아야코 씨. 두 사람이 나누는 대화에서 어쩐지 오래 알고 지낸 사이라는 느낌이 전해졌다.

"그럼 자기소개도 마쳤으니── 아테라자와."

언어와 연어알만 빠르게 먹은 후, 오이노모리 씨는 차를 홀짝이며 물었다.

"너는 카츠라기에게 반했다면서?"

"퓹."

씹고 있던 초밥을 뱉을 뻔했다. 자칫 잘못했다간 이상한 곳에 들어가서 성대하게 사레들렸을 것이다.

"어, 어째서……."

"후후. 숨길 것 없어. 대략적인 이야기는 카츠라기에게서 들었으니까."

"잠깐만요, 오이노모리 씨……! 아아…… 미, 미안해, 탓군……. 저기, 그, 오이노모리 씨에겐 사적인 이야기를 상담하기도 해서, 그렇다 보니……."

몹시 허둥지둥거리며 말하는 아야코 씨.

아무래도 오이노모리 씨에겐 이미 온갖 것들이 들켜버린 모양이었다.

“아무튼, 대답은?”

“……네, 뭐. 바, 반했습니다.”

“타, 탓군……. 으으.”

몸을 앞으로 내밀고 가학적인 미소를 지으며 묻는 오이노모리 씨에게 나는 긍정할 수밖에 없었다. 죽도록 부끄러웠지만. 옆에 있는 아야코 씨마저 무척이나 부끄러워하는 것 같았지만.

“후후. 그래. 그거 다행이군.”

우리 두 사람이 얼굴을 붉히고 있는 와중에 홀로 즐거워하는 오이노모리 씨.

“하지만…… 너는 아직 젊잖아? 스물이었던가? 그 나이에 카츠라기 같은 여성을 좋아한다니…….”

호기심으로 가득한 눈으로 나를 바라보았다.

“너는 성숙녀(일본의 조어. 성숙한 어른의 매력이 느껴지는 여성이라는 뜻으로, 정확한 나이 기준은 없으나 40대 이상부터 성숙녀라고 하는 사람이 많다) 취향이라도 있나?”

“푸흡……, 콜록콜록, 콜록.”

이번에야말로 성대히 사레들렸다. 초밥이 완전히 이상한 곳에 들어가 버렸다. 대답할 수 없는 상태가 된 나 대신 아야코 씨가 언성을 높였다.

“잠깐…… 무, 무슨 소리 하시는 거예요! 오이노모리 씨!”

"스무 살 청년이 10살 넘게 연상인 30대 여자에게 반했다잖아. 그렇다면 생각할 수 있는 가능성은 하나. 청년이 성숙녀 취향이었던 거지."

"……그거, 요컨대 절 성숙녀라고 말씀하시는 거죠?"

"성숙녀 맞잖아, 너."

"아, 아니거든요! 아직 안전권이에요!"

필사적으로 호소하는 아야코 씨였지만 오이노모리 씨는 조금도 흐트러지지 않았다.

"괜찮아. 성숙녀 취향을 부끄러워할 것 없어, 아테라자와. 요즘 '성숙녀'는 남성향 어덜트 업계에선 인기 장르거든. 특수성벽도 뭣도 아니지."

"……저기. 저는 딱히 성숙녀 취향인 건 아니에요."

나는 호흡을 고르며 말했다.

"어, 아니…… 어쩌면 성숙녀 취향이 아니라고 할 수도 없는 건가? 죄송합니다, 저도 잘 모르겠어요."

"흐음? 모르겠다고? 자기 취향에 대한 거잖아?"

"그렇긴 한데요……. 저는 아야코 씨 말고 다른 여성을 좋아해 본 적이 없어서요. 그런 취향을 생각해본 적이 없다고 할까——아야코 씨밖에 생각하지 않았다고 할까."

"…………."

"친구와 그런 이야기를 해도 머릿속에 떠오르는 건 아야코 씨뿐이었고……. 아야코 씨만이 제 유일한 여성 취향이라는 느낌이── 어? 어라?"

문득 정신을 차리자 어째서인지 분위기가 어마어마해졌다.

아야코 씨는 얼굴이 새빨개져서 고개를 숙였고, 화제를 꺼낸 오이노모리 씨 또한 민망해하는 표정이었다.

"이건…… 그거로군. 카츠라기, 너도 참 엄청난 남자를 홀렸어."

"……그, 그만 말하세요."

"후후. 항복이야. 놀릴 생각이었는데 반대로 한 방 맞은 기분인걸. 이 내가 말문이 막히게 만들다니…… 대단한 남자구나, 아테라자와."

뭐가 뭔지 잘 모르겠지만, 내 평가가 올라간 모양이었다.

"저런, 아쉽게 됐군. 그냥 연상이 좋다는 것뿐이라면 내가 여자친구에 입후보할까 생각했는데. 카츠라기에게는 없는, 진정한 어른 여성의 매력이라는 걸 누나가 손수 알려줄 계획을 세웠는데 말이야."

"……오이노모리 씨, 누나라고 불릴 나이가 아니잖아요."

"누나라는 건 나이가 아니라 마음에 있는 거다."

"남을 성숙녀라고 불러놓고 자기는 누나라고 자칭하는 건 비겁하지 않나요? 저보다 훨씬 성숙녀라고 할 수 있는 42살이면서."

"4, 42살?!"

무심코 놀라서 소리친 뒤 오이노모리 씨의 얼굴을 빤히 살펴보았다.

거짓말.

자연스럽게 30대…… 아니, 어쩌면 20대 후반일 수도 있다고 생각했다.

"전혀 40대로는 안 보이세요. 더 젊은 줄 알았어요."

"고마워. 빈말이라도 기쁘군."

"아뇨, 빈말이 아니라 정말로……. 처음 봤을 때는 아야코 씨보다 연하인 줄 알았는걸요."

놀라서 얼떨떨한 채로 말했다가── 직후, 깨달았다.

큰일 났다.

지금 이 말은 안 돼!

어쩐지 엄청난 실언을 해버린 것 같은 느낌……!

"……흐응."

아니나 다를까, 라고 해야 하나.

조금 전엔 민망하던 분위기가, 이번에는 순식간에 얼어붙었다.

옆에 있는 아야코 씨가 순식간에 무거운 그늘을 짊어졌다. 눈동자에는 약간 분노도 묻어났지만, 그보다 더 큰 절망이 그녀를 뒤덮어갔다.

"……흐응, 그렇구나. 나는 42살인 사람보다 늙어 보이는구나……. 탓군은 나를 그런 식으로 생각했구나…….”

“아뇨, 아니에요! 아야코 씨도 충분히 젊죠! 그냥 저는…… 아야코 씨의 나이는 아니까……. 그래서 그 실제 나이와 오이노모리 씨의 겉보기 나이를 비교해버린 것뿐이고…….”

“……크크크. 아하하하! 어쩐지 미안한데, 카츠라기.”

열심히 변명하는 나와는 대조적으로 오이노모리 씨는 호탕하게 웃었다.

진심으로 즐겁다는 듯, 극도로 빈정거리는 말투로 말을 이었다.

“이것 참, 부럽기 그지없군. 나는 어려 보일 때가 많아서 그런지 관록이라는 게 영 없거든. 제 나이에 맞게 보이는 네가 진심으로 부러워. 관록을 드러내는 법을 좀 알려주지 않을래?”

“――! ……오, 오이노모리 씨에게 관록이 없는 건 비상식적인 언동이나 나이에 안 맞는 행동거지가 문제라고 보는데요.”

“몸매도 내가 더 좋은 것 같고 말이지. 나태한 너와는 달리 일주일에 세 번은 체육관에 가서 몸을 단련하거든.”

“……시, 싱글맘은 집안일로 바쁘거든요! 세 번이나 이혼하고 유유자적하게 사는 사람과는 달라요!”

“애초에 네게 반한 남자가 내가 더 젊어 보인다고 했잖아? 어지간한 콩깍지가 들어갔는데도 이런 결과인 셈이지. 즉 세간에서 보면 내가 압도적으로 젊어 보인다는 거다.”

"……모, 모르는 일이죠! 탓군이 사실은 극도의 성숙녀 취향이라서 머릿속에서 저를 멋대로 나이 많게 인식하고 있을 가능성도 있어요!"

내 실언 때문에 두 여자의 양보할 수 없는 전투가 시작되고 말았다.

그리고 나는 극도의 성숙녀 취향이라는 의혹을 받고 말았다.

"흐음. 양보할 마음은 없는 모양이군."

"당연하죠!"

"좋아. 그렇다면── 전쟁을 시작하지."

물어뜯을 기세로 쏘아붙인 아야코 씨에게 오이노모리 씨가 히죽 웃으며 선언했다.

"나와 너, 누가 더 젊어 보이는가. 정면으로 겨뤄서 승부를 내자고."

"승부……? 대체 어떻게요?"

"흐음. 그럼, 이런 건 어때?"

최고로 심술궂은 미소를 지으며 오이노모리 씨가 말했다.

"이름하여── '젊지 않으면 민망한 복장을 하고도 어울리는 사람이 승리' 대결."

승부의 규칙은 몹시 간단했다.

이름 그대로── 나이 먹고 입기에는 좀 부끄러운 복장을 하고, 어울리는 사람이 승리. 혹은 그나마 괜찮은 사람이 승리.
판결은 심판의 판단에 맡겨진다.
말할 것도 없이—— 내가 심판이다.
……휘말렸다.
엮이면 안 되는 전쟁에 휘말리고 말았다.
하, 하기 싫어.
아무리 내 부주의한 한마디가 원인이라고 해도 이 승부를 심판하라니, 고문이라고.
"아, 아야코 씨……."
"괜찮아. 탓군."
대결 전에 말을 걸자 아야코 씨는 긴장해서 떨리는 목소리로, 하지만 굳게 각오한 목소리로 말했다.
"나는 절대 안 질 거야."
"…………."
아니, 저기. 이런 아무도 행복해질 수 없는 승부는 접지 않겠냐고 부탁하고 싶었던 것뿐인데요. 냉정함과 판단력을 되찾아 주셨으면 하는데요.
아무래도 이미 두 여자의 전쟁은 막을 수 없는 모양이다.
"……하아. 왜 이렇게 된 거지."
거실에 혼자 남은 나는 깊은 한숨을 쉬었다.
두 사람은 각자 '젊지 않으면 민망한 복장'으로 갈아입는 중.

아야코 씨는 집 안을 수색하고, 오이노모리 씨는 마침 캐리어 가방에 들어있었던, 이 승부에 안성맞춤인 의상으로 갈아입을 예정이라고 한다.

과연 두 사람은 어떤 복장을 할 생각인 걸까.

"——탓군, 들어갈게."

먼저 옷을 다 갈아입고 나타난 사람은 아야코 씨였다.

거실문이 힘차게 열렸다.

그곳에 선 그녀의 모습을 보고—— 나는 말문이 막혔다.

여고생이었다.

아니…… 여고생이 아니다.

여고생이라고 부르기에는, 좀 어덜트한 분위기가 흘러넘쳤다.

블레이저에 셔츠, 주름치마—— 10대 여학생에게만 허락되는 성역이자, 청춘의 상징. 아야코 씨는 그런 옷을 입고…… 귀까지 새빨갛게 물들이며 부끄러워했다.

그러면서도 승부를 위해서인지 살짝 포즈도 잡고 있는데…… 그게 또 뭐라 말할 수 없는 민망함을 만들어냈다.

"어, 어, 어때? 나 여고생…… 괜찮아?"

"…………."

"……저기, 탓군……. 제발, 침묵만은 하지 마. 노 리액션 금지. 그렇게 식겁한 듯한 반응이 오면…… 지금 당장 도로로 뛰쳐나가고 싶어진다고……."

"그, 그게."

30대 초반 여성의 여고생 모습에 압도당해 할 말을 잃어버리자, 아야코 씨는 당장 울음을 터트릴 것 같은 얼굴로 호소했다.

도로로 뛰쳐나가면 곤란하므로 허둥지둥 감상을 쥐어짰다.

"그게, 뭐, 뭐라고 해야 하나…… 미, 민망——."

"민망하다고?! 으으, 으아아……. 그, 그래, 알았어. 아무리 생각해봐도 시각 테러지, 이건……. 30대가 교복을 입고 있다니……. 으으, 정말, 태어나서 죄송합니다……."

"아뇨, 그게 아니라! 다른 뜻이에요! 사이즈가 '민망해 보인다'고 하고 싶었던 것뿐이에요!"

아야코 씨가 절망에 짓눌려 재기불능 상태에 빠질 것 같았기에 그녀의 착각을 허둥지둥 정정했다.

"그거…… 미우의 교복이죠?"

확인하자 아야코 씨가 고개를 끄덕였다.

역시 미우의 옷이었던 모양이다. 셔츠와 스커트는 아마 예비용으로 둔 것. 블레이저는 동복일 때만 입으니까 미우가 학교에 있는 이 시간이라고 해도 마침 집에 있었을 것이다.

"사이즈…… 괜찮으세요?"

"괘, 괜찮아……. 배에 엄청 힘주고 있거든."

"그건 안 괜찮다고 하는 게……."

"어쩔 수 없잖아! 꽉 낀단 말이야! 애초에 미우가 너무 마른

게 문제야! 왜 그 애는 이렇게 마른 건데?!"

적반하장처럼 화내는 아야코 씨였다.

본인은 허리가 걸리는 것 같지만, 내가 신경 쓰이는 더 위…… 가슴 쪽이었다.

두 개의 둔덕이 셔츠를 한계까지 밀어 올리고 있어서 당장에라도 버튼이 튕겨 나갈 것 같았다.

우, 우와…….

셔츠가 터질 것 같아…….

"저, 저기, 탓군……. 그래서 어때? 솔직한 감상을 말해줘……. 이거 어울려? 여고생으로 보여?"

필사적인 얼굴로 물어보았지만, 그 질문에는 몹시 대답하기 힘들었다.

"으음, 뭐라고 해야 하나…… 어느 의미로는 어울려요."

"어, 어느 의미?"

"아니, 그러니까…… 여고생이라고 하기에는 역시 좀 무리고, 코스프레라는 느낌이 크지만…… 그래도 코스프레로서는 잘 어울린다고 해야 하나."

"……그거 칭찬이야?"

"칭찬이에요, 일단……."

거짓말은 아니다. 아야코 씨의 교복……. 뭐라고 해야 하나, 보고 있으면 안절부절못하는 기분이 든다. 배덕감이나 금기라는 느낌이 물씬 풍겨서 현기증이 날 것 같다.

다양한 의미에서 고통스럽지만…… 그 고통에 중독될 것 같다고 할까.

"아주 매력적이에요."

"……으으. 별로 안 기뻐."

말은 그렇게 해도 조금 기뻐 보였다.

썩 싫지만은 않은 모양이다.

뭐라고 할까……. 그렇게 은근슬쩍 좋아하는 아야코 씨가 귀엽다. 이 사람은 그 나이 먹고 뭐 하는 거지? 라는 느낌이…… 사랑스럽다.

내가 아야코 씨의 매력(?)을 재확인하던── 그때.

"오, 여고생이잖아."

오이노모리 씨의 목소리가 울렸다.

옷을 갈아입고 거실로 나온 모양이다.

"흐하하, 그래, 미우의 교복이구나. 여고생 코스프레로 나오다니…… 정말 대단해, 카츠라기. 이런 웃기는 내기에 진지하게 응해준 것 같아서 감격했어. 나는 너의 그 솔직함과 우직함을 10년 전부터 계속 좋아했지."

나와 아야코 씨는 거실문으로 시선을 옮기고── 경악했다.

오이노모리 씨의 모습을 보면 누구나 어안이 벙벙해질 것이다.

"무슨……, 어, 어째서……."

아야코 씨가 떨리는 목소리로 말했다.

"어째서—— 갈아입지 않으신 거예요?!"

말 그대로, 오이노모리 씨는—— 조금 전과 같은 정장 차림이었다.

거실에서 나갔을 때와 하나도 달라진 게 없었다.

"마침 이번 승부에 딱 맞는 '젊지 않으면 민망해지는 옷'을 갖고 있어서 그걸로 갈아입고 오는 거 아니었어요……?"

"응? 아—— 응, 거짓말이야."

오이노모리 씨는 말했다.

천연덕스럽게.

정말로, 천연덕스럽게.

"그렇게 타이밍 좋게 이상한 옷을 들고 다닐 리가 없잖아. 후후후. 반대로 용케 믿었어? 이런 엉성한 거짓말을."

"…………."

"아, 물론 승부는 내가 진 걸로 해도 돼. 완패야, 카츠라기. 설마 그렇게까지 혼신을 다한 모습을 하고 나올 줄은 몰랐거든. 으음, 민망해. 아주 민망해……. 후후후, 잘 어울려…………, 하하하!"

더는 못 참겠다는 듯 웃음을 터트리는 오이노모리 씨.

아무래도 이 승부는 철두철미한 그녀의 손바닥 위에 있었던 모양이다.

우리는 처음부터 장난에 휘둘렸던 것뿐.

시합에는 이겼지만, 승부에는 져버린 아야코 씨는 넋이 나가 그 자리에 털썩 쓰러지고는,

"…………이, 이 사람 진짜 싫어어어어어어어!"

울음 섞인 목소리로 절규했다.

울부짖는 30대 여고생을 앞에 두고 나는 무슨 말을 해야 할지 찾지 못했다.

♥

한동안 마음이 꺾여있었던 나지만…… 이런 옷을 입고 우는 30대라는 것도 봐주기 민망할 것 같다는 생각에 나 자신을 채찍질하여 2층에 있는 내 방으로 돌아갔다.

"후후. 이제 그만 기분 풀어, 카츠라기."

교복을 벗는 도중 오이노모리 씨가 방에 들어왔다.

"제대로 사과할 테니까. 미안, 미안해. 후후후."

"웃으면서 사과하지 마세요!"

셔츠를 벗고 브래지어 차림으로 소리쳤다.

아아…… 셔츠에 이상한 주름이 생겼잖아. 미안해, 미우. 꼼꼼히 다림질해둘 테니까 용서해줘.

"이번에는 정말 화났으니까요! 월급을 지금의 두 배로 올려주

지 않으면 용서 못 해요!"

"아, 그건 괜찮아. 두 배라고 했지? 좋아, 알았어. 다음 달부터 그렇게 들어가도록 손을 써두지."

"…………하지 마세요. 경리인 카나모리 씨나 다른 분들께 제가 혼나니까."

"뭐야, 오락가락하긴."

진짜 너무 싫어…….

정말 뭐지? 이 상사.

왜 우리 회사는 이런 한량 같은 사람이 사장인 거야?

"뭐, 결과적으로는 잘 됐잖아? 뜻밖에 아테라자와에게 교복 코스프레를 보여주는 데 성공했으니까. 그가 그쪽 성벽의 소유주였다면 지금쯤 네 호감도가 급상승했을 거야."

"……이런 식으로 호감도가 올라가도 기쁘지 않아요."

"흐음? 올라가는 것 자체는 기쁜가 보군."

"그건…… 마, 말실수예요!"

억지로 대화를 끊었다.

이대로 계속 대화했다간 자꾸 본심이 끌려 나올 것 같았으니까.

스스로도 눈치채지 못하는, 마음속 깊은 곳에 있는 본심까지.

"후후. 여전히 괴롭히는 보람이 있어, 카츠라기는."

즐겁게 중얼거린 후 두 손을 들어 기지개를 켰다.

"끙차. 아무튼 놀러 온 보람은 있었네. 카츠라기의 글래머러스 교복 코스프레도 봤고, 목적이었던 아테라자와도 만났고."

"……역시 탓군을 보러 오신 거였어요?"

"뭐, 그렇지. 카츠라기의 남편이 될지도 모르는 상대잖아. 당연히 내가 감정해야 하지 않겠어?"

"무, 무슨 말씀을 하시는 거예요. 저희는 아직…… 어떻게 될지 모르는걸요."

"어이쿠. 그래, 그랬었지? 지금은 친구 이상 연인 미만, 최고로 즐거운 시기를 만끽 중이었지."

"으으……."

무슨 말을 해도 놀리는 말로 돌아오는 바람에 나는 신음할 수밖에 없었다.

오이노모리 씨는 그런 나를 보며 키득키득 웃었다가,

"하지만――."

웃음을 죽이고 한숨 섞인 목소리로 말했다.

"――그와는 관두는 게 좋겠어."

조롱과 체념의 뜻이 묻어나오는, 차가운 목소리였다.

"네……?"

"카츠라기가 너무 당황하는 것 같길래 얼마나 대단한 남자인지 궁금해져서 보러 왔는데…… 솔직히 기대가 빗나갔거든. 어디에나 있는, 평범한 대학생으로 보여."

오이노모리 씨는 살짝 무시하는 투로 담담하게 말을 이었다.

"얼굴은 나쁘지 않지만, 특출나게 미남인 것도 아니고……. 대학생이니 경제력도 전무. 덤으로 부모님과 같이 사는 데다 차도 없지. 남자로 보이지 않는다고 했던 카츠라기의 마음도 잘 알겠어. 어지간히 연하 취향이 아닌 한, 30대 여자가 상대하기에는 급이 딸리더군. 즐기는 거라면 좋지만, 장래를 진지하게 생각하며 사귈 대상은 안 되겠지."

실소가 묻어나는 목소리로 말을 이었다.

"게다가…… 영 미덥지 못하단 말이야. 심심해. 평범해. 중요한 데이트 당일에 감기에 걸린 것도 큰 마이너스야. 실전에 약한 남자만큼 한심한 것도 없지. 애초에, 10년 동안 끙끙 앓으며 짝사랑했다는 건 일편단심을 넘어서 좀 징그럽잖아. 약간 스토커 같고."

말을 이었다.

"세상에는 더 나은 남자가 썩어나도록 많은데. 뭣하면 내가 소개해줄까? 너처럼 예쁘게 생기면 돈 많은 남자가 얼마든지――."

"――오이노모리 씨."

입이 멋대로 움직였다.

"이 이상 그를 모욕하시면 저 진심으로 화낼 거예요."

스스로도 놀랄 정도로―― 목소리가 떨렸다.

분노로.

매서운 분노가 가슴속에서 부글거리자 목소리도 몸도 떨렸다.

"정정해주세요. 탓군은 미덥지 못한 남자가 아니에요. 진지하고, 성실하고, 착하고, 무척 든든한 남자라고요."

강하게 노려보았다.

자신의 상사를, 자신이 일하는 회사의 사장을.

오이노모리 씨 상대로 이렇게 싸움을 거는 건 입사한 이후 처음이었다.

"미우를 거두고 10년……. 그의 존재가 저를 얼마나 받쳐주었는데요."

찰나의 순간, 뇌리를 스쳐 지나갔다.

여태까지 미우와 함께한 10년── 그곳에는 늘 탓군이 같이 있었다.

늘 내 옆에서 나를 지탱해주었다──.

"저도 최근까진 눈치채지 못했지만…… 저는 곤경에 처했을 때 가장 먼저 연락할 상대가── 탓군이라고요."

계속, 나 자신도 눈치채지 못했다.

너무도 당연한 나머지 눈치채는 게 늦어졌다.

"일 때문에 미우를 집에 혼자 둬야 할 때는 늘 탓군이 미우와 놀아주었고……. 행사 때마다 매번 준비하는 걸 도와줬고, 미우가 수험생일 때도 탓군은 저보다 더 진지하게 대해주었어요……."

예시를 꼽으면 끝이 없다.

그에게 도움을 받았던 기억이 얼마든지 흘러넘쳤다.

"저는 탓군만큼 더 의지할 수 있는 남자를 몰라요."

"…………."

"그야 경제력은 없을지도 모르지만…… 대, 대학생이니까 어쩔 수 없잖아요! 대신 장래성은 대단하다고요! 탓군은 분명 장래엔 훌륭한 직업을 갖고 부자가 될 거예요! 저는 알 수 있어요! 얼굴도…… 저, 저는 좋아해요! 탓군 멋있잖아요! 체형도 수영했으니까 마른 근육이 쫙 붙었고! 엄청 취향이에요!"

"…………."

"그리고── 10년 동안 짝사랑했다는 것도…… 저는 조금도 징그럽다고 생각한 적 없어요. 처음에는 놀랐고, 당황했지만…… 하지만 지금은 그의 한결같은 마음을 기뻐하는 마음이 더 커요. 저 같은 여자를 10년이나 좋아해 주다니……."

"…………."

"아, 아무튼 탓군은 대단한 남자예요! 이 이상 나쁘게 말씀하시면 아무리 오이노모리 씨라고 해도 절대 용서 못──."

"……풉. 크큭, 아하하하!"

감정에 맡겨서 계속 소리치자 오이노모리 씨가 웃음을 터트렸다.

"아하하. 그래, 그래. 그렇구나. 그렇다면──."

너무 즐거워서 견딜 수 없다는 미소를 지으며 오이노모리 씨가 방문에 손을 올렸다.

"——그런 건 제대로 본인에게 말해주도록 해."

힘차게 문을 열고 재빠르게 손을 뻗어—— 방 밖에 있던 인간을 안쪽으로 힘껏 끌어당겼다.

"어…… 타, 탓군?!"

경악해서 소리치는 나.

방 안으로 끌려들어 온 탓군은 민망해하는 표정이었다.

"죄, 죄송합니다. 그…… 시간이 걸리길래 걱정이 되어서 상황을 보러 왔는데…… 뭔가, 갑자기 들어가기 거북한 이야기가 시작되는 바람에……."

"후후후. 나쁜 아이구나, 아테라자와. 어른들의 비밀 이야기를 훔쳐 듣다니."

말과는 반대로 오이노모리 씨는 몹시 즐거워하는 얼굴로 웃었다.

그 모습에선 함정에 걸린 먹이를 내려다보는 듯한 유열이 흘러넘쳤다.

"서, 설마 오이노모리 씨, 처음부터 탓군이 있다는 걸 알고……."

"발소리를 듣고 대충 어디에 있는지 알았으니까."

미안해하는 기색도 없이, 오히려 자랑스러워하며 말했다.

당했다.

또 속았다.

발소리로 탓군이 2층에 왔다는 걸 안 오이노모리 씨는 타이밍을 가늠해서 함정을 놓은 것이다.

일부러 나를 화나게 하는 말로 도발해, 문밖에 있는 탓군에게 이쪽의 대화를 들려줄 생각이었다.

내가 어떤 반론을 할지 예측해놓고.

"후후. 거짓말이라고는 해도 이래저래 심한 말을 해서 미안해. 으음——."

탓군의 어깨에 손을 올리고 사죄하면서 내 쪽을 힐끔힐끔 쳐다봤다.

"——진지하고, 성실하고, 착하고, 무척 든든한 남자인 탓군이랬던가?"

"~~~~~?!"

놀려먹잖아!

신나게 놀려먹잖아, 이 사람!

으아아아~~! 창피해! 나 뭐라고 했더라?! 분노에 맡겨서 부끄러운 말을 마구 쏟아낸 느낌이 드는데!

"아, 아니야, 탓군! 지금 그건…… 그, 욱해서 튀어나온 말이라고 해야 하나……. 보, 본심이 아닌…… 건 아니지만, 하지만, 그게……."

"괘, 괜찮습니다. 알아요."

나란히 얼굴을 붉히고 마는 우리였다.

"하하하. 정말 풋풋하고 귀엽다니까, 아테라자와도 카츠라기도."

오이노모리 씨는 홀로 즐겁게 말하며 우리에게 등을 돌리고 방에서 나갔다.

"그럼 나는 슬슬 돌아가도록 하지. 이미 차고 넘치도록 너희의 젊음과 풋풋함을 만끽했으니까."

"어……, 앗."

"마음껏 청춘을 즐기도록 해, 카츠라기."

계단을 내려가는 오이노모리 씨는 배웅하러 가려는 나를 제지하듯 고개만 틀어 돌아보고는 말했다.

"'청춘이란 인생의 어떤 기간이 아니라 마음가짐을 뜻한다'——. 미국의 시인인 사무엘 울만의 시구이자, 내 좌우명이지."

그것은—— 잘 알고 있다.

'라이트십'의 사장실에는 그 시가 사훈이라는 이름으로 벽에 큼직하게 붙어있으니까.

유명한 첫 구절만이 아니라, 시의 전문이 적혀있다.

"몇 살이 된다 한들 온 힘을 다해 인생을 구가하려는 한, 인간의 영혼은 늙지도 않고 시들지 않는다. 그러니까 카츠라기, 일도 사랑도 온 힘을 다해 만끽하고 즐기도록 해. 주저하는 이유로 나이를 앞세우기엔, 너는 아직 어리니까."

할 말을 마치고 만족스럽게 웃은 오이노모리 씨는 성큼성큼 계단을 내려갔다.

현관에 놓여있던 캐리어 가방을 들고 내 집을 뒤로했다.

나와 탓군은 위풍당당하게 돌아가는 그녀를 말없이 지켜볼 수밖에 없었다.

뭐라고 해야 하나…… 압도당한 기분.

"대, 대단한 사람이네요. 오이노모리 씨는."

"……그러게."

칭찬 반, 비아냥 반으로 동의했다.

결국 시종 오이노모리 씨의 페이스였다. 전부 다 그녀의 손바닥 위에서 우리가 놀아났을 뿐이었다.

참나……. 정말 성가신 사장님이다.

방약무인, 오만불손, 돈에도 사랑에도 대범하며 대충대충. 몇 살이 되어도 골목대장 같은 성격이고, '변덕'과 '비상식'이 옷을 입고 걸어 다니는 것 같은 사람── 그런데도.

미워할 수 없으니까 정말로 곤란하다.

이러니저러니 해도 고마워하고 있다.

아무리 고마워해도 부족할 정도로 고맙다.

신입사원인 주제에 난데없이 싱글맘이 된 내가 오늘까지 하고 싶은 일을 할 수 있었던 것은 전부 오이노모리 씨 덕분이니까.

"미안해, 탓군. 우리 사장님의 악질적인 장난에 휘말리게 해서."

"……아뇨, 그건 하, 하나도, 신경 안 쓰는데요."
붉어진 얼굴로 시선을 피하는 탓군.
"응? 왜 그래?"
"아니, 그…… 아, 아야코 씨."
우물쭈물하면서 탓군이 말했다.
"슬슬—— 뭐라도 입으시는 게 좋을 것 같은데요."
"어? …………꺄악!"
천천히 시선을 내려 자신의 모습을 확인한 나는 비명을 질렀다.
아, 안 입었잖아!
아래는 교복 치마 그대로고…… 위는 브래지어 하나.
으아아…… 시, 실수했다! 갈아입는 도중에 오이노모리 씨가 탓군을 무시하는 발언을 하는 바람에 손을 멈추고 감정적이 되어 반론했고—— 그 후엔 계속 이 모습이었어!
브래지어만 입은 상태였어!
"어우, 진짜…… 으으, 탓군. 왜 이제 말해……."
"죄, 죄송합니다. 뭔가 말할 타이밍이 없어서…… 아. 저 윗옷 가져올게요."
나는 쪼그려 앉은 채로 달려가는 탓군을 바라보았다.
설마—— 이것도 오이노모리 씨가 노린 건가?
이렇게 될 걸 내다보고 내가 갈아입기 시작한 순간 작전을 실행한 거 아니야……?

으~ 아~ 진짜!
역시 그 사람 너무 싫어!

엄마
딸이 아니라 나를 좋아한다고?!

제5장
작전과 의도

♠

평일 저녁——.

대학 강의가 끝난 뒤, 나는 사토야와 역 앞의 카페에서 만났다.

먼저 만나자고 한 사람은 나였지만 장소는 사토야 쪽에서 지정했다.

"우선은…… 이거."

둘이서 커피를 마신 후, 나는 맞은편에 앉은 사토야에게 봉투를 건넸다.

"이게 뭐야?"

"지난번에 내가 감기로 앓아누웠을 때…… 예약했던 레스토랑, 사토야가 대신 가줬잖아?"

지난주에 가려고 했던 데이트—— 계획에선, 스케줄 마지막에 야경이 보이는 레스토랑에서 저녁을 먹으려고 했다. 사토야가 알려준 느낌 좋은 이탈리안. 그렇게까지 고급은 아니지만 일단 코스 요리도 있고, 사회인 여성에게도 인기가 많은 가게라고 한다.

하지만 알다시피 데이트는 내 감기 때문에 미뤄졌다.

예약했던 레스토랑에는 당일 아침에 사토야에게 연락해서 우리 대신 여자친구와 같이 가 달라고 했다.

"2인분의 음식값을 넣었어. 받아줘."

"어……? 아니, 못 받아. 왜?"

"나 대신 가 달라고 했으니까, 당연히 내가 내야지. 덕분에 가게에 폐를 끼치지 않을 수 있었잖아."

"아니. 그렇게 신경 쓰지 않아도 괜찮다니까. 나도 린도 즐겁게 먹었고, 타쿠미가 걱정할 필요는 하나도 없어."

"하지만…… 가격이 꽤 나갔잖아?"

"나가기야 했지만…… 으음, 그래. 그렇게까지 말한다면 반만 받기로 할게. 아무리 그래도 전부 받는 건 내키지 않아."

사토야는 봉투에서 돈을 반만 꺼낸 후 남은 건 나에게 돌려주었다. 이 이상 강요하는 것도 반대로 미안해져서 나는 봉투를 받아들었다.

"정말 성실하다니까, 타쿠미는. 영락없이 오늘도 데이트 상담하러 부른 줄 알았는데, 설마 이런 이유였을 줄이야."

기가 막힌다는 말투로 말했다.

"연기된 데이트는 이번 주말이라고 했지?"

"그래."

아야코 씨와 몇 번 연락을 취해 이번 주말에 다시 데이트하기로 했다.

"하지만 데이트 계획 상담은…… 이번엔 됐어. 아야코 씨가 거듭 무리하지 말라고 당부하셨거든."

날짜를 정하는 단계에서 아야코 씨는 여러 차례 이렇게 말했다.

『있잖아, 탓군……. 날 위해 노력해주는 건 무척 기쁘지만…… 너무 과하게 노력하지는 마. 또 감기에 걸리면 큰일이고……. 절대 무리만은 하지 마.』

『렌터카는 돈이 아까울 뿐이니까, 내 차로 가자. 뭣하면 내가 운전해도 되고…….』

내가 무리해서 감기에 걸린 것 때문에 어지간히 걱정되는 모양이었다.

하아. 나도 참, 너무 꼴불견이다.

상대방을 기쁘게 해주려던 것이 걱정만 끼치고 있다니.

"그래? 뭐, 아야코 씨의 마음도 이해해. 타쿠미가 노력할수록 오히려 걱정할지도 몰라."

"……한심해. 남자로 봐주길 바라서 노력한 거였는데, 그것 때문에 오히려 아들처럼 걱정시키게 되다니."

그녀는 나를 어떻게 보고 있을까?

미워한다――는 건 아마 아닐 것이다.

자만이 아니라고 단언할 수는 없지만―― 그래도 아마 아야코 씨는 나를 좋게 봐주고 있을 것이다.

호감에 가까운 감정은 갖고 있을 터이다.

다만 그 호감이 '아들로서'인지, '남자로서'인지는 나는 모른다.

혹은―― 아야코 씨 본인도 모를 수도 있다.

깔끔하게 두 개로 나뉘는 것이 아니라, 애매모호하고 불확실한, 경계가 불분명한 그라데이션 상태인 건지도 모른다——.

"뭐, 그렇게 신경 쓰지 마. 이번에는 나한테도 좀 잘못이 있으니까. 엄청 어른용 데이트 계획을 제안해버리는 바람에 타쿠미의 부담이 아주 컸을 거야. 그런 고로."

사토야가 말을 이었다.

"이번에는—— 스페셜 조언자를 준비했습니다."

"조, 조언자……?"

"응. 이 세상 누구보다 타쿠미와 아야코 씨에 대해 잘 아는 사람."

"…………."

"영락없이 오늘도 데이트 상담인 줄 알고 이미 그 사람을 불러버렸거든. 그러니까 약속장소도 여기로 잡은—— 앗. 마침 왔나 봐."

가게 입구를 향해 손을 흔드는 사토야.

이 세상 누구보다 나와 아야코 씨에 대해 잘 아는 사람?

그게 누구지?

의문을 느끼며 시선을 옮기고—— 수긍했다.

"앗. 야호."

이쪽을 알아보고 손을 흔든 사람은 나도 잘 아는 사람.

아야코 씨의 딸—— 카츠라기 미우였다.

“오랜만이에요, 사토야 오빠. 여전히 잘생겼네요.”

“고마워. 미우도 여전히 미소녀구나.”

“아하하. 땡큐입니다.”

가벼운 인사를 주고받은 후, 미우가 내 쪽을 보았다.

“안녕, 타쿠 오빠. 아침에 보고 또 보네.”

“미우…….”

그래, 그렇지.

확실히 이 아이는 이 세상 누구보다 나와 아야코 씨에 대해 잘 아는 사람이라 할 수 있다. 스페셜 조언자라고 칭한 사토야의 의도도 이해했다.

하지만. 그렇지만.

“그럼 저는 잠깐 마실 거 사 올게요.”

미우가 계산대로 향한 후,

“……야.”

나는 테이블 위로 몸을 길게 숙여 작은 목소리로 말했다.

“사토야, 너…… 왜 미우를 부른 거야?”

“왜냐니, 적임자라고 생각했으니까 불렀지. 아야코 씨를 공략하고 싶다면 딸인 미우의 의견을 구하는 게 빠르고 간편하잖아?”

사토야는 태연하게 말했다.

“오히려, 반대로 의문인데. 타쿠미는 왜── 미우에게 도와달라고 안 하는데?”

"그, 건……."

잠시 침묵한 후, 나는 한숨을 뱉어내듯 말했다.

"……거북해서 그렇지."

"거북하다고?"

"그야 너……. 좀 민망하잖아? 좋아하는 사람의 딸에게…… '당신의 어머니와 사귀려면 어떻게 해야 할까요?'라고 조언을 구하는 건."

"…………."

"게다가…… 만약 전부 잘 풀리면── 나와 아야코 씨가 사귀게 되고, 최종적으로 결혼한다면…… 미우는 내 의붓딸이 된다고. 지금 단계에서 미우에게 너무 의지하면 언젠가 아버지가 되었을 때 위엄이고 뭐고 없어지잖아."

"……아하하. 그렇구나, 타쿠미 나름대로 괴상한 자존심이 있었단 거지?"

실소를 흘리는 사토야였다.

내 생각에도── 징그럽다. 아직 사귈 수 있을지 없을지도 모르는데, 결혼한 뒤의 일까지 상정해서 멋대로 불안해하다니.

김칫국을 마시는 것도 정도가 있지.

하지만.

생각할 수밖에 없다.

내가 좋아하게 된 여성에게는 소중한 딸이 있으니까.

상대방 아이와의 장래까지 고려하는 것은 싱글맘에게 반한 남자로서 최소한의 예의라고 본다.

“뭘 둘이서 쑥덕거리는 거예요?”

마실 것을 산 미우가 돌아와 내 옆에 앉았다.

“뭐, 대충 예상은 가지만.”

휘핑크림을 듬뿍 올린 캐러멜 마키아토를 한 모금 마신 후, 기가 막힌다는 듯 말했다.

“어차피 타쿠 오빠가 제가 협력하는 걸 싫어했죠?”

“…………”

“하아, 정말이지.”

정곡을 찔려 아무 말도 하지 못하게 된 나에게 미우가 성대한 한숨을 쉬었다.

“뭐, 나에게 의지하기 싫다는 마음은 이해하지만. 그래서 나도 오늘까지 타쿠 오빠에겐 딱히 별말 안 했고.”

‘하지만’ 하고 말을 이으며.

동정과 연민 어린 눈빛을 보냈다.

“감기로 데이트를 망쳤을 때…… 너무 우울해하길래. 이거 나도 가만히 있을 때가 아니라고 생각했지.”

“……그것참 친절하시군요.”

아픈 곳을 찔리는 바람에 시선을 피하며 비아냥을 던졌다.

“그럼 미우의 협력을 받기로 결정. 바로 작전회의를 시작할까. 이번 주말의 데이트에 대하여.”

분위기를 전환하듯 손뼉을 짝 친 사토야가 이야기를 진행했다.

“일단 지난번에 짜놓은 계획은 있는데…… 불길하니까 피하는 게 좋은 것 같아. 나는 완전히 처음부터 생각해야 한다고 봐.”

“……그럴지도.”

고개를 끄덕였다. 모처럼 생각해준 사토야에게는 정말로 미안하지만…… 다시 한번 지난 계획대로 가는 건 껄끄러웠다.

불길하다는 것도 있고, 아야코 씨에겐 이미 어느 정도 내용이 들켜버렸다. 그리고 무엇보다── 그녀에게서 무리하지 말라는 말을 들었다.

감사하기도 하고 면목 없기도 하고, 참으로 복잡한 기분이지만…… 아무튼. 처음부터 다시 생각한다는 방침에는 찬성이었다.

“미우, 뭐 아이디어 있어?”

“으음, 글쎄요.”

턱에 손을 올리고 생각에 잠긴 미우가 말했다.

“두 사람이 짠 계획은 저도 들었는데…… 솔직히, 우리 엄마에겐 안 어울린다고 보거든요. 아, 아뇨. 사토야 오빠가 잘못했다는 건 아니고요. 평범한 성인 여성을 위한 데이트로서는 멋지다고 생각하는데…… 우리 엄마는 평범한 30대 여성이 아니라서요.”

뭐라 말할 수 없는, 미묘한 표정을 짓는 미우.

"과거 연애 경험은 잘 모르지만, 적어도 최근 10년 동안은 아무와도 연애하질 않아서 연애 편차치가 중학생 수준이거든요. 이번에도 데이트 신청을 받기만 했는데 허둥지둥 안절부절 난리였고. 그러니 갑자기 로맨틱하고 어른스러운 데이트를 해도 주눅만 들지 않을까요."

"그렇구나. 그 점은 나도 마음에 걸렸어. 내가 상정한 것은 어디까지나 '성인 여성'에 맞춘 계획이었지── '아야코 씨'를 위한 계획이 아니니까."

수긍하는 표정으로 말하는 사토야.

미우는 이어서 내 쪽을 보며 말을 이었다.

"타쿠 오빠도 익숙하지 않은 걸 억지로 해봤자 '대학생이 무리하는구나'라며 안쓰러운 느낌만 나올 거야. 실제로 그 압박감 때문에 감기에 걸린 거잖아?"

"그건……."

뭐, 부정할 수 없을지도 모른다.

데이트가 기대된 반면, 압박감도 컸다.

아야코 씨에게 걸맞은 '어른 남자'가 되어야 한다고── 어른스러운 데이트를 해야만 한다고 필사적으로 발돋움을 했다.

"그러니까, 타쿠 오빠."

미우는 말했다.

나를 똑바로 바라보면서, 하지만 조금 태평한 말투로.

"평범하게 해, 평범하게."
"펴, 평범……?"
"그래. 평범한 게 최고야."
가벼운 말투로 단언한 뒤 캐러멜 마키아토를 한 모금 마셨다.
"괜히 발돋움했다가 실패할 바에야, 있는 그대로의 모습으로 승부하면 돼. 쓸데없는 짓 하려고 하지 말고 평범하게, 자연스럽게 가."
"……아니, 하지만 그렇게 성의 없는 느낌은."
"성의 없게 하라는 뜻이 아니라── 평범하게 하라고. 타쿠 오빠가 타쿠 오빠답게, 여느 때처럼 평범하게 행동하면 그걸로 충분해."
미우가 그렇게 말하자,
"맞는 말이네."
사토야도 동의했다.
"나도 타쿠미도 자꾸 아야코 씨에게 맞추려고 생각했지만…… 해야 할 일은 반대였던 건지도 몰라. 타쿠미가 억지로 어른스럽게 굴어봤자 어차피 어딘가에서 무리하게 되는 셈이니……. 그렇다면 오히려, 아야코 씨를 타쿠미의 영역에 끌어들이는 전략이 나을지도 모르겠어."
"내 영역……?"
"자신의 홈에서 싸우는 건 전술의 기본이니까."

"그래. 사토야 오빠 말이 맞아. 애초에 우리 엄마도 '어른스러운 데이트'는 완전히 원정 경기인 셈이니까. 타쿠 오빠도 엄마도 서로 원정지에서 싸운다면 아무도 득 볼 수 없는 상태가 될 거야."

미우는 기세 좋게 우다다 쏟아낸 후 한숨 돌린 뒤 말했다.

"너무 쫄지 말고, 생각나는 걸 전부 해버려. 걱정하지 않아도 — 이 세상에서 타쿠 오빠보다 엄마를 생각하는 남자는 없으니까. 그런 타쿠 오빠가 자연스럽게 떠올린 데이트라면 엄마도 기뻐할 거야."

"미우……."

가슴이 찡하니 따듯해지는 걸 느꼈다.

조언도 심금을 울렸고— 무엇보다.

자의식과잉일지도 모르지만, 미우의 말 구석구석에서 나를 신뢰한다는 게 느껴져서 기쁘기도 하고 쑥스럽기도 한 간질간질한 기분이 들었다.

"……고마워."

"아, 좀. 그런 건 됐어. 자."

미우는 손을 휘휘 내저은 후, 이쪽으로 손을 내밀었다.

"어? 뭔데?"

"상담료."

"…………."

"이 캐러멜 마키아토값. 그리고 케이크도 먹고 싶어."

"……야무지구나, 너."

비아냥을 던지면서도 나는 지갑에서 1,000엔 지폐를 꺼냈다.

"이용 감사~."

희희낙락 지폐를 받은 후, 미우는 다시 자리에서 일어났다.

앉아있는 나를 내려다보며 말했다.

"전에도 말했지만…… 우리 엄마는 쉬워. 타쿠 오빠가 마구마구 들이대면 홀랑 넘어갈 거야."

"……그러니까 너는 자기 어머니를 그런 식으로 말하지 말라고."

"두 사람에겐 장애물 같은 거 하나도 없거든? 있다면 엄마가 혼자 멋대로 만들어내는 것뿐. 전부 엄마의…… 마음 문제야."

그때, 계속 방정맞게 웃고 있던 미우의 얼굴에 문득 그림자가 드리워졌다.

살짝 숙인 눈에는 어딘가 비통함이 묻어났다.

"……만약 이번 데이트가 실패로 끝나버린다면 나에게도 생각이 좀 있고……."

"생각?"

"앗…… 아니. 아무것도 아니야."

퍼뜩 고개를 들고 당황한 듯 손을 내저었다.

"시작하기 전부터 실패했을 때를 생각하는 것도 부정 탈 것 같으니까. 정말 아무것도 아니니까 지금 한 말은 잊어주시죠."

익살스럽게 대화를 끊은 후, 미우는 도망치듯 계산대로 향했다.

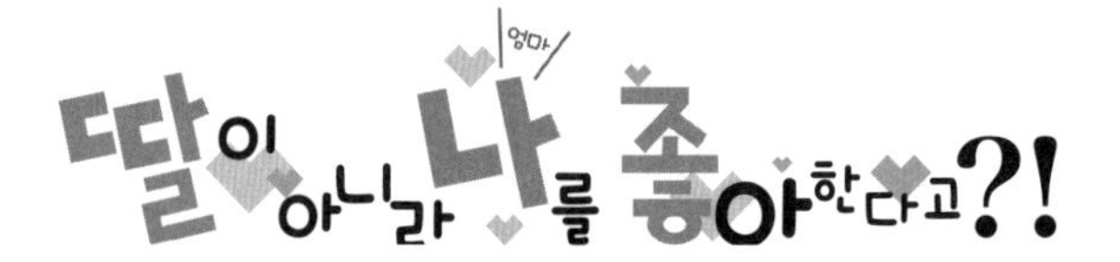
딸이 아니라 나를 좋아한다고?!
엄마

제6장
낙원과 유희

♥

어쩔 수 없는 사정으로 인해 급히 미뤄진 데이트로부터 일주일 뒤.

다시 데이트 날이 찾아왔다.

사전에 이런저런 대화를 나눈 결과── 군이 렌터카를 빌리는 대신, 내 차를 타고 같이 외출하기로 했다.

그래서 약속장소는 우리 집 주차장.

오전 9시 55분.

약속 시각 5분 전에 집에서 나오자── 마침 옆집에서 탓군이 나오는 타이밍이었다.

"안녕하세요, 아야코 씨."

"안, 녕. 탓군."

조금 긴장한 얼굴인 그에게 나도 조금 갈라진 목소리로 대답했다.

"……몸은 괜찮아?"

"문제없어요. 이번 주엔 매일 8시면 잤거든요."

"아하하……. 건강한 습관이네."

농담 같은 말을 주고받으면서도 어딘가 헛도는 느낌의 대화.

아마 서로 의식하고 있기 때문일 것이다.

남자로서, 여자로서, 서로를 의식한다.

나와 그의 첫 데이트.

한 번 중지된 정도로는 긴장도 불안도 전혀 잦아들지 않는다——.

"아야코 씨……."

잠시 뜸을 들인 후, 탓군이 말했다.

나를 빤히 바라보면서.

"오늘 옷, 잘 어울리세요."

"——!"

"머리모양도 평소와는 조금 달라서 왠지 다른 분위기라 신선한 느낌이고……. 아주…… 예뻐요."

"……그, 그야 나도 데이트용 옷 정도는 갖고 있거든."

부끄러운 나머지 쌀쌀맞은 태도를 보이고 말았다. 사실은 데이트를 위해 일부러 사러 간 옷이지만.

으으, 어떡하지.

이 정도의 공격으로 쑥스러워하다니, 어쩌려고? 이런 잽 같은 공격에 허둥거리는데—— 오늘 하루 내내 데이트하면 어떻게 되는 거지?

"스, 슬슬 갈까."

"네. 그럼…… 죄송하지만, 차 빌릴게요."

탓군은 가볍게 머리를 숙인 후 운전석으로 갔다.

"……운전 정말 괜찮아? 내가 운전해도 되는데."

"괜찮아요, 아마도. 아야코 씨의 차는 어머니 거랑 같은 차종이니까요. 어머니의 차는 몇 번 운전한 적이 있거든요."

그렇게까지 말하니 이 이상 염려하는 건 실례가 될 것이다.

나는 조수석에, 탓군은 운전석에 탔다.

"그래서…… 오늘은 어디에 가는 거야?"

좌석 위치와 미러를 조절하는 그에게 물었다.

"으음, 그건 뭐…… 도착한 뒤에 직접 확인해주세요."

의미심장한 얼굴로 대답하는 탓군. 괜찮을까? 또 뭔가, 날 위해 무리해서 어려운 것을 하려는 건 아닐까……?

그런 불안이 얼굴에 나왔기 때문인지,

"아, 하지만 그렇게 이상한 곳은 아니니까 안심하세요."

탓군이 덧붙이듯 말했다.

"아야코 씨도 가보신 적 있는 장소예요."

본인은 조금 자신이 없어 보였지만, 사전에 연습한 성과인지 탓군의 운전한 무척 매끄러웠다.

어쩌면 나보다 더 잘할지도 모른다. 추월이나 차선변경도 자연스러웠고, IC에서 고속도로에 들어간 뒤에도 당황하지 않고 깔끔하게 운전했다.

드라이브 개시로부터 약 1시간.

고속도로를 이용해 현 밖으로 나온 우리는── 목적지에 도착했다.

"여기는……."

차에서 내린 나는 어안이 벙벙해졌다.

주차장에 세워진 자동차의 반 이상이── 대형 패밀리카. 수많은 가족 손님이 주차장을 나와 입구를 향해 걸어갔다.

입장 게이트 너머에는 제트코스터며 관람차가 보였다.

"유…… 유원지?"

여기는── 이웃현에 있는 유원지였다.

토호쿠 최대라고 불리는, 뭐든 다 있는 대형 테마파크.

나는…… 솔직히, 놀라움을 숨길 수 없었다.

탓군이 데이트라며 어디에 데려갈까. 이런저런 망상을 하기도 했지만, 설마 유원지일 줄은 몰랐다.

심지어 여기는──.

"올해 봄에 서클 신입생 환영회로 왔었거든요. 유원지 안에서 신입생이 선배를 찾아 수수께끼를 푸는……. 뭐, 그런 대학생 같은 이벤트가 있었죠."

운전석에서 내린 탓군이 내 옆에 서서 말했다.

"아야코 씨도── 여기, 오신 적 있죠?"

"……응. 벌써 한참 전이지만."

미우가 아직 초등학생일 때.

둘이 함께 이 유원지에 놀러 온 적이 있었다.

"옛날에 아야코 씨가 미우와 여기에 놀러 왔다는 이야기는 들어서……. 사진도 보여주셨잖아요. 즐거워서 신이 난 듯한 미우가 잔뜩 찍혀있었죠. 하지만."

탓군이 말을 이었다.

"아야코 씨의 사진은 거의 없었어요."

"…………."

그건── 당연한 이야기다.

미우의 사진을 찍은 사람이── 나였으니까.

어린 딸과 둘이서 유원지에 왔으니 어머니는 사진사가 된다. 유원지에서 찍은 내 사진은 스태프에게 부탁해서 찍어달라고 한 투 샷이 한두 장 있을 뿐일 거다.

주역은 어디까지나 아이.

그 무엇보다 아이의 미소를 우선시해야 하며, 아이를 제쳐놓고 부모가 메인이 되어 즐길 수는 없다.

딱히 그걸 고통스러워한 적은 없었다.

미우가 즐거워한다면── 즐기는 딸의 사진을 남길 수 있다면 그것만으로도 만족했다.

앨범 속에 내가 없어도 전혀 괴롭지 않았다.

하지만──.

"그래서 오늘은 여기서, 제가 아야코 씨의 사진을 많이 찍어드리고 싶어요."

탓군은 말했다.

"유원지 같은 즐거운 이벤트도 아야코 씨는 지난 10년 동안 계속 미우를 최우선으로 생각해오셨잖아요? 하지만 오늘은…… 딸을 위해서가 아니라, 자신이 즐기는 것만 생각해주세요. 전력으로 주역이 되어서, 유원지를 실컷 만끽해주셨으면 좋겠어요."

"……!"

순간 말문이 막혔다.

탓군…… 그런 생각을 하고 있었구나.

딸을 가장 우선시해온 10년―― 괴롭진 않았다. 다소 힘든 일이 있었다고 해도 그보다 100배는 더 즐겁고 행복한 추억을 만들었다.

하지만.

자신을 뒷전으로 미룬 적이 없다고 하면 거짓말이 된다.

참고 견딘 적이 없다고 하면 거짓말이 된다.

아아…… 뭘까.

가슴속 깊은 속에서 서서히 따뜻한 것이 치밀어올랐다.

지난 10년 동안 탓군은 정말로 나를 잘 지켜보았구나―― 그 사실을 새삼 확인한 느낌이었다.

"으음……. 죄, 죄송합니다. 역시…… 유원지는 어린아이 같았나요?"

내가 감격에 겨워서 침묵했더니 탓군이 불안해하며 말을 걸었다.

"으, 으으응, 그게 아니라……. 전혀 싫지 않아……. 탓군이 날 생각해준 건 기쁘고, 나도…… 이런 곳에서 노는 건 원래 좋아하니까……. 하지만."

"하지만?"

"……보, 보기 흉하지 않을까? 지금의 내가 유원지에서 노는 건……."

걱정거리가 솟아올라 입 밖으로 튀어나왔다.

"아이를 데려온 것도 아닌데…… 30대 아줌마가 유원지에서 데이트해도 되는 걸까……?"

"뭐야. 그런 걸 신경 쓰신 거예요?"

"이, 이 나이가 되면 여러모로 신경 쓰인다고!"

"전에도 말씀드렸지만, 아야코 씨는 하나도 아줌마로 안 보여요. 게다가 유원지를 즐기는 거에 나이는 상관없잖아요."

"그, 그런가?"

"네. 그럼 갈까요?"

"……으, 응."

탓군이 앞장서는 형태로 나도 걸어갔다.

우리의 첫 데이트── 유원지 데이트가 시작되었다.

입장 게이트를 통과하자 비일상의 공기가 단숨에 짙어졌다.

보기만 해도 가슴이 들뜨는 어트랙션들, 기념품이나 굿즈를 진열한 가게. 설렘이 넘쳐나는 풍경 속에서는 수많은 사람이 웃으며 걷고 있었다.

"역시 주말이라 가족 손님이 많구나."

"그러게요. 하지만…… 커플도 많아요."

탓군의 말대로 유원지 안에는 데이트를 즐기는 연인들도 많이 보였다.

하지만…… 역시 젊은 층이 압도적으로 많다.

10대에서 20대 정도로 보이는, 젊음이 넘쳐나는 커플투성이다.

30대 정도의 여자는 다들 아이를 데리고 있어서 연인과 둘이서만 온 사람은 좀처럼 보이지 않았다.

어쩌지.

역시 나 튀는 거 아닐까……?

아아, 왠지 꿈을 꾸는 것 같아.

전혀 현실감이 없어.

작년의 나에게 이 상황을 알려준다면 폭소하면서 믿지 않을 것이다.

탓군과 함께 유원지에서 데이트한다니――.

"앗. 아야코 씨, 저거 보세요."

마음이 자꾸 들떠서 안절부절못하던 나에게 탓군이 말했다.

손가락질한 곳에 있던 것은―― 회전목마였다.

"미우가 저기에 탄 사진 있었죠?"

"그래. 미우도 참, 저게 아주 마음에 든 건지 세 번이나 탔었어."

그리움에 젖는 나였으나,

"그럼── 탈까요."

탓군이 가벼운 어조로 터무니없는 말을 했다.

"……어?"

"타요, 회전목마."

"…………아니, 아니아니, 잠깐만."

회전목마? 내가?

3n살인 내가 백마에 타는 거야?

"아, 안 돼, 탓군. 저건 그러니까…… 연령제한이 있어! 상한선이…… 30살 이상은 자중해달라고 적혀있던 것 같은 느낌이……."

"그런 말 안 적혀있는데요."

"하지만…… 나이 많은 어른이 회전목마라니."

"그냥 평범하잖아요. 저기 보세요, 탄 사람 꽤 있는데요?"

"저, 저건 다들 아이와 같이 탄 보호자들이잖아? 나도 아이와 함께 타는 거면 대의명분이 있지만……."

"괜찮다니까요. 아무도 신경 안 써요."

"어, 어, 어~~……."

조금 막무가내로 밀어붙이는 탓군의 재촉을 받아 우리는 회전목마의 대기줄에 섰다.
그리 혼잡하지 않았기 때문에 바로 순서가 왔다.
둘이서 울타리 안으로 들어가 하얀 말 모형 위에 앉았다.
다리를 벌리고 걸터앉는 건 민망한 것 같은 느낌이라 다리를 모으고 슬쩍 앉았다. ……아니, 이건 이거대로 어쩐지 공주님 같은 포즈라 부끄러우려나? 으으, 모르겠어. 30대 여자가 회전목마에 탔을 때의 자세로 어떤 게 정답인지 조금도 모르겠어……!
"우와…… 의외로 높네."
"괜찮으세요? 아야코 씨."
"……괘, 괜찮긴 한데……."
다른 의미에서 괜찮은 걸까? 이런 아줌마가 아이도 없는데 이런 어트랙션을 즐겨도 괜찮은 거야? 주위가 흰 눈 뜨고 수군거리진 않을까?
"위험하니까 꼭 붙잡고 계세요. 그럼 이따 또."
"응…… 응? 어? ……어어?! 자, 잠깐만, 탓군!"
백마에 탄 나를 두고 떠나려는 그를 허둥지둥 불러세웠다.
"어, 어디 가게?"
"어디냐니, 밖에 가는 건데요?"
"가, 같이 타는 거 아니었어? 근처에 있는 거 아니야?"
"네? 아뇨, 저는 밖에서 아야코 씨의 사진을 찍고 싶으니까요."

당연하다는 듯 대답하는 탓군.

거짓말이지……?!

그럼 나는──혼자서 회전목마에 타야 하는 거야?!

“사진 찍은 뒤엔 출구 바로 근처에 있을게요.”

“자, 잠깐…… 나 역시 내릴──.”

『──네, 그럼 회전목마 출발합니다~!』

필사적인 외침은 스태프의 마이크 소리에 가로막혔다.

자, 잠깐, 기다려 탓군……. 이런 동화 같은 공간에 나를 혼자 두고 가지 마~~!

……라고 마음속으로 절규했지만 이미 늦어버렸다.

탓군은 밖으로 뛰어갔고, 바로 회전목마가 움직이기 시작했다.

발랄한 음악, 돌아가는 풍경, 위아래로 움직이는 백마.

그 모든 것이── 30대 여자를 몰아세웠다.

메르헨이 멘탈을 궁지에 몰아넣고 있어!

으아아~.

싫어어~.

나 혼자서 회전목마에 타 버렸어. 30살을 넘겼는데 백마를 타고 흔들리고 있어. 주위엔 가족 손님이 가득한데 나는 혼자……!

도움을 요청하듯 탓군 쪽을 바라보았으나── 그는 천진난만하게 웃으면서 스마트폰을 잡고 있었다.

“……잠깐. 앗, 안 돼…… 지, 진짜로 찍는 거야……?!”

얼굴을 손으로 가리며 허둥지둥 소리쳤지만, 음악 때문에 저기까진 목소리가 닿지 않는 모양이었다. 그는 스마트폰을 든 채로 이쪽을 향해 가볍게 손을 흔들었다.

아아……, 진짜.

즐거워 보이잖아.

내 사진을 찍는 게 뭐가 즐거운 건지——.

“……윽.”

으으, 아, 진짜……. 대체 뭘까. 이 기분은.

왠지—— 부끄러워하는 게 바보 같다는 느낌이 들기 시작했다.

괜찮은 걸까?

이런 나라도, 이런 나이라도.

유원지 데이트를 실컷 만끽해도, 괜찮은 걸까?

수치심과 망설임밖에 없었던 마음속에 점점 따뜻한 것이 차올랐다——.

어느새 나는 탓군을 향해 포즈를 잡고 있었다.

있는 힘껏 노력해서 만든 미소와 브이 사인.

독특한 남자아이가 날 찍고 싶다고 해주었으니, 하다못해 이 정도의 서비스는 해 줘야지.

결코 신나서 이러는 게 아니다. 결단코.

가족 손님들 사이에서 눈에 띄지 않도록 슬그머니 회전목마에서 내리자, 탓군이 달려왔다.
"수고하셨습니다."
"……응, 진짜로."
피곤해졌다. 주로 멘탈이 피곤하다.
"잘 찍혔어요."
"으으……. 지, 진짜 찍었구나."
"네. 동영상으로."
"동영상?!"
"처음에는 사진을 찍을까 했는데……. 기왕이면 동영상으로 찍는 게 좋을 것 같아서요. 덕분에 처음에는 얼굴을 가리던 아야코 씨가 한 바퀴 돌 때마다 점점 포즈를 잡아주시는 흐름이 생생하게……."
으, 으아악~~!
사진인 줄 알고 노력한 건데 동영상이라니……!
지금 당장 전부 지워달라고 외치고 싶었으나,
"다행이에요. 아야코 씨가 즐거워해 주셔서."
행복해하며 동영상을 보는 그를 앞에 두니 아무런 말도 할 수 없어졌다. 비겁해, 비겁하다고. 그런 얼굴을 보면 지우란 말을 못 하게 되잖아…….
"으으……, 정말이지. 자, 탓군. 계속 그런 거 보지 말고 다음

가자, 다음.”

“네……?”

“……뭐야, 그 놀란 표정은.”

“그…… 갑자기 적극적으로 변하셨구나 해서요. 아니, 아야코 씨에게 의욕이 생긴 건 무척 기쁘지만요.”

“……계, 계속 부끄러워해봤자 힘만 빠지니까 오늘은 실컷 즐기기로 했어. 그러니까…… 빨리 다음 거 타러 가자.”

“……네!”

내가 말하자 탓군은 무척 기뻐하며 고개를 끄덕였다.

다음으로 우리가 향한 곳은 제트코스터였다.

“아야코 씨는 절규 머신 괜찮으세요?”

“너무 심한 건 힘들지만…… 적당한 수준이면 꽤 좋아해. 이 유원지에서도 타보고 싶긴 했지만…… 전에 왔을 때는 미우가 아직 어렸으니까.”

“아, 키 제한이 있죠.”

인기 어트랙션인 만큼 제트코스터에는 긴 대기줄이 형성되어 있었다. 줄에 선 우리는 인파에 치이면서 조금씩 앞으로 나아갔다.

“저기, 아야코 씨…….”

시끄러운 소리로 가득한 대기줄 한복판에서 탓군이 굳게 결심한 듯 말했다.

"손잡아도 괜찮을까요?"
"어?"
"마, 만에 하나 잃어버리면 안 되잖아요."
부끄러움을 참으며 나에게 손을 내밀었다. 그 눈이며 목소리에서 그가 얼마나 용기를 쥐어짠 것인지 잘 알 수 있었다.
하지만——.
"……아, 안 돼."
나는 반사적으로 손을 움츠리고 말았다.
이유——라고 할 만큼 거창한 건 없다.
그저 단순히…… 너무 갑작스러워서 놀랐을 뿐이다.
그런 반사적인 행동에 나는 허둥지둥 이유를 가져다 붙였다.
"왜냐하면…… 그, 누가 볼지도 모르잖아……. 게다가 이 정도의 줄이라면 잃어버릴 일도 없을 거야."
"……그, 그렇겠네요. 죄송합니다."
노골적으로 침울해하는 목소리로 말한 뒤 탓군은 손을 거두었다.
어?
포기하는 거야……?
……아니, 당연하지. 왜냐하면 내가 거부해버렸으니까. 하지만 설마, 이렇게 선뜻 물러나다니. 끄응……. 조금 더 적극적으로 나온다면 손을 잡는 정도는 허락했을 텐데. 언젠가 꿨던 꿈

에서처럼 능동적이면서도 전략적으로 들이댄다면――.

힐끔 옆을 곁눈질했다.

탓군은…… 고개를 푹 숙이고 있었다.

우와아, 노골적으로 실망했잖아. 그렇겠지. 용기를 쥐어짜서 한 말이었는데 내가 가차 없이 거부해버렸으니까.

으으……. 그런 표정 짓지 마, 탓군…….

으음~, 아아~, 진짜!

"――어?"

다음 순간, 탓군이 놀라서 외쳤다.

무리도 아니다.

내가, 방금 막 손을 잡는 걸 거부한 내가―― 그의 손을 잡았으니까.

"아야코 씨……."

"저, 정말이지. 여자의 마음을 모르는구나, 탓군."

나는 말했다.

힘껏, 거들먹거리는 말투로.

"한 번 거부한 정도로 쉽게 포기하지 마. 좀 더 적극적으로 와야지……. 여자가 싫다고 하는 건 가끔 긍정의 뜻을 내포하고 있을 때도 있으니까……. 그러니까 남자는 제대로 상대방의 발언을 읽어내야 하는 거야……."

"…………."

"따, 딱히 나한테 적극적으로 들이대라는 이야기는 아니고! 일반론! 어디까지나 일반론이 그렇다고!"

……아아, 진짜. 나 대체 무슨 소릴 하는 거야? 엄청 제멋대로에 지리멸렬한 소릴 하는 느낌이 든다. 터무니없이 성가신 인간이 되어버린 기분이다.

자기혐오로 우울해진 나였으나,

"그렇군요. 공부가 되었어요."

탓군은 불평 한마디 없이 나를 향해 웃어주었다.

잡은 손을 부드럽게, 간지러울 정도로 약하게 마주 잡아주었다.

"……탓군은 너무 순수해."

"순수한 건 좋은 거잖아요."

"너무 순수해서 나쁜 사람에게 속지 않을까 걱정이야. 기억해? 옛날에 둘이서 함께 미우의 크리스마스 선물을 사러 갔을 때. 내가 '러브카이저 솔리테어'의 변신기를 1만 번째 손님 기념으로 받았다고 했더니 탓군은 그걸 믿었——."

"……지금이니까 하는 말인데요, 그거 저 눈치채고 있었어요."

"알고 있었다고?!"

제트코스터를 탄 후, 우리는 내키는 대로 어트랙션을 돌았다.

공중에 떠서 빙글빙글 회전하는 놀이기구에 타기도 하고, 물

속에 첨벙 떨어지는 코스터에 타거나, 페달을 밟아 나아가는 모노레일에 타기도 했다.

점심은 혼잡을 피하기 위해 조금 늦게 잡고 카페테리아의 오픈 테라스에서 간단히 먹었다.

그런 식으로 유원지를 만끽하는 동안――.

탓군은 틈을 봐서 내 사진을 찍었다.

처음에는 부끄러워서 견딜 수 없었지만―― '이런 아줌마를 찍는 게 뭐가 즐거운 거니?'라며 민망해했지만, 회수가 거듭되는 사이에 점점 익숙해졌다.

아니.

점점―― 즐거워졌다.

즐겁다.

아주 즐겁다.

둘이서 유원지의 어트랙션을 돌고, 사진을 잔뜩 찍고, 점심은 훌쩍 들어간 곳에서 적당히 먹고, 문득 눈에 띈 크레이프를 충동구매를 해서 먹으며 걸어 다니기도 하고.

마치 10대나 20대로 돌아간 것 같다.

마치 학생 커플 같다――.

"이런 곳의 크레이프는 어째서인지 먹고 싶어진단 말이야."

"맞아요. 맛은 어디에나 파는 평범한 크레이프라는 걸 알면서도."

"그러니까."

통로 구석에 멈춰 서서 아까 산 크레이프를 먹는 우리.
나는 딸기고, 탓군은 초코바나나.
음음, 역시 크레이프는 왕도가 최고야!
“앗. 탓군, 크림 묻었어.”
“네……? 진짜요?”
“반대, 반대쪽. 여기야.”
그의 뺨을 향해 손을 뻗었다.
묻어있던 크림을 손으로 닦은 뒤 그대로 날름 핥아먹었다.
“음, 초코도 맛있네.”
“……!”
탓군이 얼굴을 화르륵 붉혔고——.
그 얼굴을 본 나도 내가 한 짓을 깨달았다.
“어, 아……. 미, 미안해, 탓군! 나 또 옛날 습관대로 창피한 짓을……!”
“아, 아뇨. 괜찮습니다! 저야말로 일일이 쑥스러워해서 죄송합니다!”
우리는 서로 사과했다.
아아……, 또 저질렀네.
뺨에 묻은 크림을 손으로 닦고 핥아먹기—— 탓군이 어릴 때 비슷한 일을 해줬던 것 같은 기분이 든다.
성인이 아이에게 곧잘 해주는 행위라고는 생각하지만—— 어쩌면 연인끼리 시시덕거리는 것에 포함되거나 그런 걸까……? 그럼 딱히 상관없나? 아니, 하지만 우리는 아직 사귀는 게 아니니까……. 끄응.

들떴다가 민망해졌다가 하면서 우리는 유원지 내를 돌아다녔다.

"아야코 씨, 저기요."

광장으로 나오자 사람들이 모여있는 곳을 손가락으로 가리키며 탓군이 말했다.

"뭔가 기념사진을 찍어주는 이벤트를 하나 봐요."

"그렇구나."

"모처럼 왔으니 찍어달라고 할까요?"

"으음…… 그래, 찍자."

내 사진만 잔뜩 찍게 된 게 면목 없던 참이기도 하니, 이 기회에 찍어달라고 해야지.

우리는 인파에 다가가 줄을 서려다가── 그제야 그 이벤트가 어떤 층을 위한 것인지 이해했다.

이벤트 절차는 스태프에게 촬영용 포토프롭을 받아 그걸 들고 관람차를 배경으로 사진을 찍는 것이었다.

다만 스태프가 주는 포토프롭은 거의…… 하트가 모티브였다.

줄을 선 사람도 대부분 커플. 지금 촬영하는 팀도 커플로, 상당히 밀착한 채 러브러브한 분위기로 촬영을 즐기고 있었다.

“……여, 연인용 이벤트였나봐.

“그러…… 게요.”

“어, 어떻게 하지?”

아무리 그래도 이런 이벤트에 참가할 수는――아니.

오히려 여기까지 와 놓고 거부하는 게 반대로 너무 의식하는 것 같아서 부끄러우려나? 으으…… 모르겠다. 정말 어떡하지?

“괜찮지…… 않을까요? 딱히 연인 한정이라고 적혀있는 것도 아니고……. 게다가 보세요, 커플 같지 않은 사람들도 있잖아요.”

탓군의 말대로 많은 커플들 사이에 아이를 데려온 부부도 몇 팀 있었다. 고등학생으로 보이는 남학생 그룹도 있었는데, 하트 포토프롭을 들고 ‘우리 옆구리가 너무 시린 거 아니냐!’라며 떠들썩하게 이야기하고 있었다.

아무래도 비교적 자유롭고 규칙이 까다롭지 않은 이벤트였던 모양이다.

“……응, 왠지 괜찮을 것 같아.”

이 정도의 가벼운 분위기라면…… 커플이 아닌 우리가 참가해도 문제없겠지. ‘그럼 여기서―― 두 분이 커플이라는 증거를 보여주세요’ 같은 러브 코미디물 클리셰적인 이벤트가 발생하진 않을 거야……!

조금 안심하며 우리는 줄을 섰다.

『네, 수고하셨습니다.』

『다음 분은 이쪽에서 포토프롭을 골라주세요. 남자친구분은 이쪽, 여자친구분은 이쪽에서 부탁드립니다.』

『남자친구분, 조금 이쪽으로 와 주세요. 여자친구분은 그대로 계셔도 괜찮고요.』

스태프들은 척척 촬영을 진행하며 팀플레이로 물 흐르듯 손님들을 매끄럽게 움직였다.

점점 줄이 가까워지고——.

이윽고 우리 차례가 되었다.

『네, 그럼 여기 있는 포토프롭 중에서 골라주세요. 그…….』

계속 영업용 스마일을 짓고 있던 스태프가 아주 잠깐 망설이는 듯한 표정을 지었다. 그리고는——.

『누나분은 이쪽, 동생분은 이쪽에서 고르시면 됩니다.』

……라고 말했다.

나와 탓군을 보고, 그렇게 말했다.

"…………."

마음이 순식간에 얼어붙은 기분이 들었다.

아아——.

그런가, 그렇지.

나와 탓군은 연인 사이로는 보이지 않잖아. 나는 아무리 젊어 보이는 편이라고 해도 20대 초반으로 보이진 않을 테니까.

괜찮다.

분노가 치솟지도 않고, 우울해지지도 않았다.
다만…… 조금, 현실을 깨달았을 뿐이다. 마치 학생 커플의 데이트 같다며 들떠있던 머리가 살짝 냉정해졌을 뿐이다.
음, 음. 오히려 기뻐해야지. 남매로 봐주는 게 어디야. 모자지간으로 본다면…… 아무리 그래도 충격이었을 거다. 뭐, 사실은 모자로 보였지만 스태프가 혹시나 해서 남매라고 해줬을 가능성도 있지만——.
내가 아주 잠깐 사이에 온갖 생각을 하고 있었더니, 그 직후.
덥석.
뒤에서 팔이 뻗어와 내 어깨를 붙잡았다.
그대로—— 힘차게 끌어안겼다.

"여자친구예요! 제대로 보세요!"

탓군은 말했다.
나를 가슴팍에 끌어안고, 큰 목소리로, 분명하게.
그의 품에 안긴 상태로 들은 외침은 고막과 가슴에 뚜렷하게 울렸다.
『앗……, 죄송합니다. 대단히 실례했습니다!』
스태프는 당황하며 머리를 숙였다.
포토프롭을 받은 후 우리는 촬영 장소로 걸어갔지만——.

분위기가…… 어마어마하게 민망했다.
"……난 여자친구 아닌데."
"아니, 그게."
작게 중얼거리자 탓군은 말문이 막혔다.
"좀, 발끈해서…… 그만. 이상한 소리 해서 죄송합니다."
"화난 게 아니라…… 그냥, 놀랐을 뿐이야. 탓군, 의외로 대담한 구석도 있구나."
"그건, 뭐…… 아까 좀 더 적극적으로 나오라고 하셨잖아요."
"……참나. 이렇게 바로 실천하지 않아도 되잖아."
아아──.
틀렸다.
열심히 누나 같은 태도를 만들어냈지만, 영 꽝이다.
계속 얼굴을 돌리고 있다.
상대의 얼굴을 볼 수 없다.
이런 얼굴은 보여줄 수 없다.
『네, 그럼 찍습니다!』
촬영 장소에 도착하자 스태프가 카메라를 들이댔다.
『남자친구분, 조금 더 오른쪽으로 오세요. 여자친구분……은, 얼굴 들어주실 수 있을까요?』
"……네, 넵."
가까스로 노력해서 얼굴을 들고 미소 지었다.

하지만 조금도 자연스럽게 웃지 못했다.

무표정도 아니고, 사진용으로 예쁘게 웃는 얼굴도 아니고.

새빨갛게 물든 뺨으로, 촉촉하게 젖은 눈동자로, 행복이 넘쳐흐르는 듯한 미소밖에 짓지 못했다.

그 후——.

둘이서 여유롭게 유원지 안을 걸어 다니고, 기념품도 보고 다닌 후 우리는 마지막 어트랙션에 탔다.

유원지의 마무리라고 하면—— 역시 이거지.

“와아, 노, 높아…….”

관람차의 곤돌라 안에서 나는 바깥 풍경을 바라보며 중얼거렸다.

창문 너머로 테마파크 전체가 보였는데, 걸어가는 사람들이 점처럼 보였다. 높다. 생각했던 것보다 높다. 좀 무서워질 정도로 높은데, 이거…….

“멋진 풍경이네요.”

맞은편에 앉은 탓군은 나와는 달리 높은 걸 무서워하는 기색이 없었다. 평온한 얼굴로 아래쪽의 풍경을 즐기고 있다.

그 얼굴을 바라보고 있었더니 조금 장난기가 솟았다.

주머니에서 스마트폰을 꺼내 사진을 한 장 찰칵 찍었다.

“어……. 뭐, 뭐예요?”

"그냥. 탓군 표정이 좋길래, 그만."
"제 얼굴을 찍어서 뭐가 즐거운데요?"
"……그거, 오늘 내가 수도 없이 한 말이거든. 몇 번이나 말했거든."
"아니, 아야코 씨는 찍을 가치가 있으니까요! 아주 예쁘고 표정도 풍부해서 귀엽고, 찍다 보면 무척 즐거운 인재——."
"~~! 이, 이제 그런 이야기는 됐어! 아무튼 지금은 보복의 시간이야! 조금은 나도 찍게 해 줘!"
내가 스마트폰을 들이대자 탓군은 쑥스러운 듯 얼굴을 가렸다.
"앗! 하, 하지 마세요……. 그렇다면 저도 아야코 씨를 더 찍을래요."
"아, 안 돼. 지금은 내 차례야! 이쪽에 스마트폰 들이대지 마아——."
반사적으로 일어나 상대방의 스마트폰을 빼앗으려고 한 순간.
휘청.
곤돌라가 크게 흔들렸다.
"……꺄!"
몸의 균형이 무너진 것과 동시에 바깥 풍경이 시야에 들어왔다. 공포가 단숨에 가속하여 몸에 힘이 전혀 들어가지 않았다.
"아야코 씨!"
그 자리에서 넘어질 뻔한 나를—— 탓군이 팔을 뻗어서 부축

해주었다.

나는 반쯤 쓰러지듯 그의 품 안에 뛰어들게 되었다.

깜빡 모든 체중을 실어버린 나를 그는 온몸으로 단단히 받아 주었다.

"……하아, 하아. 무, 무서웠어……."

"괘, 괜찮으세요?"

"응…… 고마워, 탓──."

인사하면서 얼굴을 들었다가 간신히 지금 상태를 깨달았다.

가깝다.

믿어지지 않을 만큼 가깝다.

몸 전체가 완전히 밀착했다. 가슴을 힘껏 들이대는 자세가 된 데다, 다리도 이상하게 엉켜버렸다.

그리고 무엇보다 가까운 것은── 얼굴.

서로의 얼굴이 상당히 가깝다.

당장에라도 입술과 입술이 닿을 것 같은 거리──.

""~~!""

우리는 허둥지둥 얼굴을 돌리고 거리를 벌렸다. 곤돌라가 흔들리는 걸 조심하면서도 최대한 서둘러 원래의 마주 보는 자리로 돌아갔다.

"죄송합니다, 그…… 순간적으로 그만."

"아니…… 괜찮아. 신경 쓰지 마."

실내가 단숨에 민망한 분위기로 차올랐다.

하아, 실수했다. 모처럼 즐거운 느낌이었는데 왜 이렇게 덜렁거린 거지……?

그 후에── 잠시, 침묵이 흘렀다.

곤돌라는 천천히 올라가다가 이윽고 정점에 도달했다.

그곳에서,

"아야코 씨."

탓군이 입을 열었다.

"오늘은 정말로 감사했습니다."

"어……?"

"아야코 씨와 데이트할 수 있어서 정말로 기뻤어요."

"왜, 왜 그래? 갑자기 그렇게."

"제대로 말해야 할 것 같아서요. 정말…… 아주 즐거웠거든요. 아야코 씨와 이런 식으로 둘이서 놀러 오다니…… 오랜 꿈이 이뤄졌어요."

"꿈이라니. 호들갑스럽긴."

쓴웃음을 지으며 말한 후,

"……나도 인사해야겠네."

그렇게 말을 이었다.

"데이트 신청해줘서 고마워, 탓군. 오늘은 무척 즐거웠어."

"정말로요?"

"빈말이 아니라 정말 즐거웠어. 유원지에 도착한 처음에는 좀 놀랐지만…… 스스로도 깜짝 놀랄 만큼 재밌었어."

그렇게 말하자 안도한 듯 웃는 탓군.

내 일거수일투족에 노골적으로 일비일희한다.

그런 태도를 보니 이 아이는 정말로 나를 좋아한다는 걸 새삼 확인하게 되는 느낌이라, 얼굴이 조금 뜨거워졌다.

"탓군 덕분에 최고의 유원지 데이트가 되었어."

"아뇨…… 과한 칭찬이에요. 저는 아무것도."

"아니, 탓군 덕분이야. 탓군이 데려오지 않았다면…… 내가 먼저 유원지에 올 생각은 절대 못 했을 테니까. 나는 이제…… 뭐라고 해야 하나, 그럴 나이가 아니라고 생각했어."

금기, 제약――이라고 할 정도는 아니지만, 막연하게 자숙하는 듯한 체념은 있었다.

10대, 20대에게만 허락된 것 같은 청춘 이벤트는 사양해야 한다고 생각했다.

어찌어찌 지금 회사에 취직해 미우를 거둬 어머니가 되었고, 노도와도 같은 나날을 보내는 사이에 어느새 30대에 돌입했고――.

나는 어른이 되었다.

어른이 될 수밖에 없었다.

계속 어린아이인 채로 있을 순 없었다.

청춘이라는 편리한 단어를 면죄부로 삼아 하고 싶은 일만 하며 놀러 다닐 수는 없었다.

그런 일상이 틀렸다고 생각하진 않는다.

몇 번 인생을 반복해도 나는 같은 선택을 하고 비슷하게 살아갈 것이다.

하지만――.

몰랐다.

내 안에 아직 이런 마음이 있었다니.

미련과도 비슷한 감정이 남아있었다니.

정말이지…… 전부 탓군 때문이다.

이 청년의 존재가 이렇게나 나를 안절부절못하게 만든다――.

"……또 데이트 신청해도 될까요?"

탓군은 말했다.

나를 똑바로 바라보며, 진지한 얼굴로.

"저, 아야코 씨와 함께 더 다양한 곳에 가고 싶어요."

"…………."

마음이 타오르는 것처럼 뜨거워졌다.

내가 포기하고 잘라냈던 것이―― 나 자신도 눈치채지 못했던 미련과 욕구가, 지금 따뜻하게 차오르는 것 같았다.

상대의 눈을 직시할 수 없어서 나는 창문 밖으로 시선을 돌렸다.

아래쪽을 보면 무서우니까 하늘만 바라보았다.

그리고,

"……응."

짧게 대답했다.

그것만으로도 버거웠다.

가슴이 벅차올라서 말이 나오지 않았다.

하늘은 푸르고 저녁놀이 질 때까진 아직 조금 이르다.

빨리 해가 저물면 좋겠다고 바랐다.

노을이 곤돌라를 비춰주었다면 부끄러울 정도로 빨개진 얼굴을 조금은 얼버무릴 수 있을 것 같았으니까.

뭐, 이런 느낌으로.

나의 약간 부끄러운 감성글 풍의 멘트를 끝으로 깔끔하게 끝났다고 생각한 유원지 데이트였으나——.

하지만.

이후 파란이 일어났다.

설마 상상도 하지 못했다.

돌아가는 길에 그런 대사건이 일어나다니.

읽고 싶은 사람만 읽읍시다.

『러브카이저』 용어 해설 ②

• 『러브카이저 스피드』

이타도리 치에.
14살. 중학교 2학년. 변신지팡이 '콩닥콩닥 씽씽 로드'로 변신한다. 다섯 명 있는 메인카이저 중 한 명(단, 메인카이저 중 한 명이었던 러브카이저 키티는 1화에서 변신한 직후에 사망해 퇴장하기 때문에 일괄적으로 '메인카이저가 다섯 명'이라고 말하기 어려운 부분도 있다).
기운이 넘치는 야생아. 대지를 사랑하고, 자연에게 사랑받는 소녀. 틈만 나면 산을 돌아다니고 멧돼지나 곰을 맨손으로 쓰러뜨려서 잡아 온다. 사냥한 동물은 직접 다듬어서 뼈 한 조각 남기지 않고 전부 먹어 치운다는 주의.
출생은 호랑이가 키운 소녀——가 인간들에게 보호받은 후에 낳은 아이. 어머니에게서 물려받은 독특한 자연철학과 사생관을 지녔다. 얼핏 단세포에 아무 생각도 없는 순진한 소녀처럼 보이지만, '약육강식'이라는 자연의 섭리를 가슴에 새기고 살고 있으며, 따라서 배틀로얄에서 타인을 죽이는 것에도 거부감이 없다.
야생에서는 '자신이 죽였다면 그 목숨을 하나도 남김없이 먹는다'는 것이 그녀의 신조이다. 그래서 러브카이저 간의 배틀로얄에서도 '죽인 상대를 반드시 먹는다'는 설정을 고려했으나, 아무리 '러브카이저 조커'가 도전적인 작풍이라고 해도 지상파에서 방송할 수 있는 내용이 아니기에 그 설정이 빛을 보는 일은 없었다.
훗날 각본가가 직접 쓴 소설판이 발매되었는데, 그곳에서는 규제의 틀에서 벗어난 그녀의 본래의 모습을 볼 수 있다.

전투 스타일은 파워와 스피드로 밀어붙이는 스타일. 야생의 감과 본능에 의지해 싸운다. 변신지팡이에는 7색의 속성 공격과, 13종류의 변형기능이 갖춰져 있었으나 그녀가 '때리기' 외의 용도로 지팡이를 사용하는 일은 끝까지 없었다.
상술한 대로 가혹한 사생관과 자연의 섭리를 믿으며 사는 야생아지만, 그 자유분방한 태도와 단순하면서도 알아보기 쉬운 전투 스타일 때문에 어린아이에게서 인기가 많았다.
그런 그녀였으나, 크리스마스 직후에 방영된 에피소드에서 퇴장. 빈사의 중상을 입은 후 자신이 죽을 것을 예감한 그녀는 산에 들어가 그 육체를 전부 야생동물에게 바치고 평온하게 웃으면서 대지로 환원했다. 소녀의 육체가 곰이나 멧돼지, 새, 원숭이에게 먹힌다는 장렬한 죽음은 전국의 아이들에게 뿌리 깊은 트라우마를 심어주었다.

• 『크리스마스의 절망』

'러브카이저 조커' 방송 때 일어난 사건을 인터넷상에서 가리키는 속칭.
메인카이저 중 한 명인 '스피드'가 크리스마스 직후에 방영된 에피소드에서 장절한 죽음을 맞이하는 바람에 인터넷상에서는 찬반양론이 어마어마한 논쟁으로 발전, 그 일은 훗날 '크리스마스의 절망'이라 불리게 되었다.
크리스마스 대목 직후였기도 하기에 '스피드'의 장난감을 사준 보호자들에게서 클레임이 쇄도했다고 한다.
그 클레임이 어디까지 영향을 주었는지는 불분명하지만, '스피드'는 최종화에서 부활한다. 사망 에피소드 방영 후에 '스피드'의 담당 성우가 꽃다발을 받는 크랭크업 사진이 공식에서 공개되었기 때문에 설마 부활할 줄 몰랐던 시청자들을 몹시 놀라게 했다.

제7장
숙박과 애욕

♥

엘리베이터가 가야 하는 층에 도착했다.

"……저기에 있는, 빛나는 곳이죠?"

탓군은 긴장한 얼굴로 깜빡이는 방 번호를 가리켰다. 입구에서 고른 방을 라이트 점멸로 알려주는 시스템인 모양이다.

양탄자가 깔린 복도를 나란히 걷자 질척질척하고 불쾌한 소리가 났다.

우리 두 사람은 머리부터 발끝까지 흠뻑 젖어있다. 신발 속은 물론이고, 속옷까지 축축해진 상태였다.

방에 들어가자—— 그곳은 마치 평범한 호텔 방 중 하나로 보였다.

"와아……. 왠지 생각했던 것보다 평범하네."

"그러게요, 의외로…… 이런 곳이군요."

"……탓군은 와본 적 없어?"

"이, 있을 리가요! 아야코 씨야말로 어떠신데요?"

"어어?! 어, 없어, 없어! 나도 오늘이 처음이야!"

어색한 대화를 주고받으며 일단 바닥에 짐을 내려놨다.

어메니티로 비치되어있는 수건으로 옷과 가방의 물기를 닦았다.

"그럼 아야코 씨."

탓군이 말했다.

"먼저 샤워하고 오세요."

"……어?"

아마 내가 깜짝 놀란 목소리를 내버렸기 때문일 것이다.

탓군은 당황하며 덧붙였다.

"아, 아뇨! 아, 아니…… 아닌 건 아닌데, 뭔가 엄청, 그렇고 그렇게 들리긴 했지만, 그런 뜻이 아니라……. 감기에 걸리면 안 된다는 뜻인데요."

"아, 알아! 나야말로 미안해, 괜히 이상하게 받아들여서!"

허둥지둥 사과한 후,

"……그럼 탓군 말대로 먼저 쓰도록 할게."

나는 혼자 욕실로 향했다.

평범한 호텔과 달리 탈의실과 방 사이에 칸막이가 없기 때문에 방에서 이쪽이 전부 다 보인다.

어떻게 해야 할지 알 수 없었던 나는 일단 옷을 입은 채로 욕실에 들어가 그곳에서 젖은 옷을 벗었다.

"……하아~~."

절절히 한숨을 쉬었다.

몸은 비 때문에 차가워졌는데, 얼굴만큼은 유독 뜨거웠다.

어째서?

어째서 이런 일이 되어버린 거지?

아주 좋은 분위기 속에서 데이트가 끝날 줄 알았는데.
왜 우리는── 둘이서 러브호텔에 와 버린 거지……?!

시간을 조금 거슬러 올라가서.
관람차에서 내린 다음 간단히 기념품을 보고 돌아다닌 후── 우리는 날이 저물기 전에 유원지에서 출발했다.
이후 일정은 없고, 곧장 각자 집으로 직행할 예정이다.
성인 남녀의 데이트치고는 조금 이른 귀가일지도 모르지만, 오늘은 밤부터 심한 비가 내릴 것이라는 일기예보가 있었다.
일찍 돌아가는 게 좋다고 탓군이 말했다.
당연하게도…… '돌려보내기 싫다고 하면 어떻게 하실래요?' 같은 전개는 없었다. 응, 응. 없지. 있을 리가 있냐.
당일치기 데이트 최고!
"죄송합니다, 아야코 씨. 운전을 맡겨서."
"괜찮아, 괜찮아. 오늘은 전부 다 탓군이 에스코트해줬으니까, 적어도 이 정도는 해야지."
돌아가는 길, 차 안──.
최소한의 보답 삼아 내가 운전하겠다고 나섰다.
고속도로에서 IC로 내려와, 일반도로로.
앞으로 30분 정도면 이 데이트도 끝난다.
"비가 내리기 전에 돌아갈 수 있겠네요."

조수석에 앉은 탓군이 말했다.

앞유리에서 보이는 하늘에는 조금씩 먹구름이 끼기 시작했다.

"다행이다. 이 옷 산 지 얼마 안 된 거라 젖는 건 피하고 싶었거든."

"흐음, 새 옷이었군요."

"어……? 앗. 우, 우연이야! 우연히 새로 산 옷이었던 것뿐이야! 딱히 오늘 데이트를 위해서 큰맘 먹고 새 옷을 샀다거나 그런 게 아니라……."

허둥지둥 변명하는 나였으나── 직후.

펑.

무언가가 터지는 듯한 소리가 차 안에 울려 퍼졌다.

동시에 운전대에 전해지는 감각에도 무언가 위화감을 느꼈다.

"어…… 어? 뭐, 뭐지? 지금 그 소리……."

"……아마 타이어가 펑크난 거 아니에요?"

"뭐? 그, 그럴 수가……. 어? 어, 어떻게 해야 하지?"

"침착하세요!"

패닉에 빠질 뻔한 나에게 탓군이 강한 목소리로 말했다.

"급브레이크는 밟지 말고, 천천히 감속하면서 갓길에 세워주세요. 펑크가 났다고 해서 갑자기 큰일 나거나 하진 않으니까……. 조급해하지 않아도 괜찮아요."

"……으, 응."

그 강인한 목소리 덕분에 나는 가까스로 냉정함을 되찾았다.

갓길에 차를 세우고 내려서 확인하자—— 뒤쪽 타이어 하나가 정말로 펑크나 있었다. 공기가 빠져서 차체의 무게 때문에 타이어가 찌그러졌다.

"뭔가를…… 밟아버린 걸까?"

"그럴지도 모르죠. 꽤 큰 구멍이 뚫렸으니……. 아야코 씨, 이 타이어 언제부터 쓰신 거예요?"

망가진 타이어를 이런저런 각도에서 살펴보며 탓군이 말했다.

"으음, 샀을 때부터 계속 쓴 거니까 5년 정도인가……?"

"그럼 수명이 다한 건지도 모르겠네요. 홈도 많이 뭉툭해졌고. 아무튼 고속도로에서 펑크난 게 아니라 정말 다행이에요. 아야코 씨, 어디 로드 서비스 계약한 곳 있으세요?"

"어, 응……. 차를 샀을 때 추천해준 곳에 그대로 계속 가입해 있어. 한 번도 쓴 적은 없지만……. 으음, 카드를 어디에 뒀더라……?"

"대시보드에 자동차 검사증과 같이 넣어두시진 않았나요? 그곳에 두는 사람이 많다고 들었는데요."

"앗. 맞아, 생각났어! 계속 거기에 넣어뒀지!"

어떻게 해야 할지 알 수 없어 안절부절못하는 나와는 대조적으로, 탓군은 무척 침착하고 냉정하게 지시를 내려주었다.

나는 계약한 로드 서비스에 연락했으나――.

"――네, 알겠습니다……."

"어땠어요?"

"……마침 이 근방에서 호출이 겹쳤나 봐……. 당장 오지는 못한대. 한 시간 정도 걸린다고 하네."

"그런가요……."

날은 점점 저물고 하늘의 먹구름도 짙어졌다. 한 시간이나 기다렸다간 이 근방은 호우가 쏟아질지도 모른다.

아아, 어째서 이렇게 된 거지……. 모처럼 즐거운 데이트였는데, 마지막에 이런 사고를 당할 줄이야.

"아야코 씨."

우울해하는 나에게 탓군이 말했다.

"타이어, 제가 고쳐도 될까요?"

"……어?"

"뭐, 고친다기보다는 템파 타이어로 교환하는 것뿐이지만요."

"테, 템파……?"

"템파 타이어요. 차 트렁크에 넣어두는 응급용 타이어를 말하는데……."

탓군이 그렇게 설명하면서 트렁크를 열었다.

그리고 카펫을 들추자―― 그곳에는 수수께끼의 공간이 있었다.

조금 얇은 타이어와 소형 기중기 등 공구가 들어 있었다.

"다행이다. 요즘은 템파 타이어가 아니라 수리 키트가 표준장비인 차도 많지만…… 구멍이 꽤 컸으니까 수리제로는 안될 것 같았거든요."

"어? 어? 이게 뭐야? 여기…… 열리는 거였어? 왜 이런 곳에 타이어가……. 어? 나 안 넣었는데?"

나는 몇 년이나 타고 다닌 차의 모르는 공간에서 모르는 것이 튀어나오자 가벼운 패닉에 빠졌다.

"차에 따라선 표준장비로 템파 타이어와 타이어 교환용 공구 세트가 트렁크 아래에 들어가 있거든요. 뭐…… 까먹는 사람도 많아요. 일단 교습소에서 배우긴 하지만요."

쓴웃음을 짓는 탓군.

그러고 보면…… 교습소에서 그런 걸 배웠던 것 같기도 하고, 아닌 것 같기도 하고.

아아, 틀렸어. 전혀 생각나지 않아.

왜냐하면 면허증을 딴 게…… 벌써 10년도 더 된 옛날이란 말이야.

"읏차."

트렁크의 공간에서 타이어와 공구를 꺼낸 뒤 펑크난 타이어 앞에 내려놨다.

"탓군……. 펑크 고칠 수 있어?"

"뭐, 교환하는 정도라면요."

"대, 대단해라……."

"대단한 건 아니에요. 그냥 펑크난 타이어를 바꾸는 것뿐이니까요."

"하지만…… 탓군은 자차를 끌고 다니는 것도 아니잖아? 그런데 어째서……."

"저희 집은 겨울용 타이어 교환 같은 건 옛날부터 전부 제 담당이었거든요. 어머니의 차도 아버지의 차도. 가게에 부탁하면 한 대당 2천 엔이니까, 그걸 제가 해서 용돈벌이로 삼는 느낌이었죠."

아…… 그러고 보면 그랬던 것 같다.

아테라자와 가의 주차장에서 탓군이 타이어를 안고 작업하는 모습을 몇 번 정도 본 적이 있다.

"스페어타이어로 바꾸는 건 처음이지만…… 음, 아마 괜찮겠죠. 제대로 예습했으니까요."

"예습?"

"그게……."

되묻는 내 말에 탓군은 순간 '실수했다' 하는 표정을 지었다가 작은 목소리로 이야기해주었다.

"첫 데이트 때 각종 사고를 상정하며 준비했거든요……. 그중에 렌터카의 타이어가 펑크나는 패턴도 들어있어서……."

"그, 그런 것까지 대비한 거야?"
"……아하하. 엄청난 헛발질이었죠. 그렇게 온갖 사고에 대비하는 바람에…… 수면 부족으로 감기에 걸린 셈이니까요."
탓군은 자조적으로 웃으며 차 아래에 소형 기중기를 넣었다.
"하지만 조금은 도움이 된 것 같아서 다행이에요."
"탓군……. 나, 나 뭐 도와줄 거 없어? 뭐든 할 테니까 뭐든 말해."
"감사합니다. 그럼 스마트폰의 손전등 기능으로 비춰주시겠어요? 조금 어두워졌으니까요."
"응, 알았어."
스마트폰의 손전등을 켜고 그의 손 주변을 비췄다.
탓군은 익숙한 손길로 공구를 만져 차체를 들어 올린 뒤 타이어를 교환했다. 진지한 얼굴로 작업하는 그가 왠지 무척 든든해 보였다.

템파 타이어라는 건 어디까지나 응급용 타이어로, 장시간 운전하는 건 추천할 수 없는 모양이다.
그래서 타이어를 교환한 후, 우리는 국도변에 있는 카센터로 향했다.
지방 도시의 특징.
IC 근처에는 카센터가 많다.

그중 하나에 들어가 조사해달라고 하자── 펑크 난 타이어는 손상이 아주 심한 상태라 새 타이어로 바꿀 수밖에 없다고 했다. 다른 타이어도 슬슬 교체할 때라고 해서 겸사겸사 4개를 한꺼번에 새 타이어로 바꾸기로 했다.

작업은 내일 점심때까지 걸린다고 했다.

우리는 카센터에서 나와 버스 정거장으로 향했다.

아쉽게도 대차 서비스용 차는 전부 나갔다고 하니 걸어서 돌아갈 수밖에 없었다.

“내일 제가 이 가게까지 바래다 드릴게요. 내일이라면 어머니의 차를 빌릴 수 있을 거예요.”

“그렇게 해주면 다행이고. 고마워.”

해는 완전히 저물어버렸다.

길에는 다양한 점포의 불빛으로 가득했다. 우리는 그런 요란한 빛 속을 빠른 걸음으로 걸어갔다.

여유 부리고 있을 순 없다.

이미 비가 내리기 시작했으니까.

가장 가까운 버스 정거장까지는── 아직 거리가 있다.

“죄송합니다, 더 큰 우산을 가져올 걸 그랬어요.”

“아니야, 탓군은 잘못한 거 없어. 나야말로 미안해. 우산을 깜빡해서…….”

“어쩔 수 없죠. 원래대로라면 더 일찍 돌아갈 예정이었으니까요.”

비가 밤에 내린다고 하기에 나는 우선을 가져오지 않았다. 그래서 지금은 탓군이 갖고 있던 접이식 우산을 나눠 쓰고 있다.

소위 한 우산 쓰기인 셈인데…… 로맨틱한 분위기는 전혀 없었다.

둘 다 절박했다.

이대로 일기예보대로 비가 거세지면 작은 우산 하나로 어른 둘을 보호하는 건 무리다.

그래서 우리는 한눈팔지 않고 버스 정거장을 향해 서둘러——갔으나.

"……아야코 씨, 괜찮으세요?"

"괘, 괜찮…… 지, 않을지도. 미안, 나…… 달리기엔 안 맞는 구두를 신어서……."

"너무 서두르지 않아도 괜찮아요."

"하, 하지만 벌써 비가——."

말을 마치기도 전에.

쏴아아.

단숨에 빗줄기가 굵어졌다.

하늘에 구멍이 뚫린 듯 쏟아지는 비가 아스팔트를 세게 두드렸다.

"우와…… 시, 심하다."

"엄청 쏟아지네요……. 아야코 씨, 일단 저곳으로 피난하죠."

호우 속에서 우리는 지붕이 있는 곳으로 서둘렀다.

매섭게 들이치는 비는 작은 접이식 우산으로는 전혀 방어할 수 없었다. 탓군은 열심히 우산을 나에게 씌워주려고 했고, 그 마음은 무척 기뻤지만……. 우산 옆으로 들이친 비가 내 몸을 세게 두드리며 그의 배려를 무시하듯 새 옷을 무자비하게 적셨다.

'임대매장 모집'이라는 광고지가 눈에 띄는 빈 점포의 처마 밑에 도착할 무렵에는 둘 다 흠뻑 젖어버렸다.

"하아, 하아……. 시, 심하게 내린다. 설마 이렇게 갑자기 쏟아질 줄은 몰랐어……."

"그러게요……."

"탓군, 이거. 손수건 써. 별 도움은 안 될지도 모르지만……."

"저보다는 아야코 씨가 먼저 쓰세――?!"

말하던 도중 탓군이 얼굴을 붉히며 고개를 돌렸다.

"왜 그래?"

"그…… 아야코 씨, 옷……."

"어……? 꺅!"

시선을 내리자―― 상반신이 상당히 비치고 있었다.

하얀 옷이 젖어서 피부에 달라붙는 바람에 아래에 입은 속옷이 거의 다 보였다.

큰일이다.

비치는 것도 큰일이지만―― 지금 입은 브래지어가 큰일이다.

왜냐하면 오늘은…… 만에 하나, 억만 분에 하나의 확률로 생길 일을 대비해 엄청 기합이 들어간 느낌의 승부 속옷——.

"으으……. 아, 아니야, 탓군! 매, 매번 이런 검은 속옷을 입는 게 아니고…… 오늘은 정말, 우연히……."

"아뇨, 그…… 아, 아무튼 이거 걸치세요."

혼란에 빠진 나에게 탓군은 윗옷을 부드럽게 걸쳐주었다.

"젖었지만 조금은 가려질 거예요."

"고, 고마워……."

"하지만…… 어떡하죠?"

탓군은 하늘을 향해 시선을 옮겼다.

새카만 밤하늘에서 폭우가 계속 쏟아졌다.

"……전혀 멈출 기색이 없네."

"일기예보에선 내일 아침까지 안 멈춘다고 했어요."

"세상에……, 어떡하지. 이렇게 푹 젖어버리면 택시도 못 타고…… 으으."

급격히 몸이 싸늘해져서 부르르 떨었다. 흠뻑 젖은 옷과 속옷이 점점 체온을 빼앗아가는 것 같았다.

"괜찮으세요? 아야코 씨. 춥죠……?"

"아니, 나보다 탓군이 더 걱정이야. 또 감기에 걸리면 큰일이잖아. 어디 따뜻한 곳으로 피난해야……."

주위에 시선을 굴린 우리는—— 거의 동시에 발견했다.

딱 맞는 장소를 찾아내고 말았다.

지방 도시의 특징.

IC 근처에는── 러브호텔이 많다.

““……””

순식간에 이상한 분위기가 되었다. 호텔의 이름이나 숙박료가 적힌 간판은 자기주장이 강한 핫핑크빛으로 빛나며 우리에게서 할 말을 빼앗아갔다.

안다.

머리로는 알고 있다.

지금 상황에── 호텔은 딱 적합하다. 비를 피할 수 있고 샤워도 할 수 있다. 옷도 드라이어로 말릴 수 있다. 심지어 내일 아침까지 자고 갈 수도 있다.

이보다 더 좋을 수 없는, 최고의 장소.

하지만…… 저곳이 특정한 행위를 권장하는 특수한 호텔이라는 것이 마음을 성대하게 휘저어 혼란에 빠뜨렸다.

으으~ 왜? 왜?

왜 하필이면 러브호텔인데?!

평범한 호텔도 둘이서 간다고 하면 괜히 의식하게 될 텐데……. 그게 러브호텔이라면 그런 생각밖에는──.

“……아, 아하하. 아무리 그래도 저기는, 곤란…… 하지?”

침묵이 너무도 거북했기 때문에 나는 웃으면서 얼버무리려고

했으나,

"……가죠."

탓군은 말했다.

조금 붉어진 얼굴로, 하지만 진지한 표정으로.

"달리 방법도 없으니까…… 부탁드릴게요."

"하, 하지만……."

"부탁입니다. 절대 아무 짓도 안 한다고 약속할 테니까요……!"

탓군은 더없이 성실하게 말하며 머리를 숙였다.

그런 식으로 부탁을 받으니…… 나는 고개를 끄덕일 수밖에 없었다.

이리하여.

우리는 호우로부터 피난하기 위해 어쩔 수 없이—— 정말로 어쩔 수 없이 러브호텔에 오게 되었다.

탓군의 제안을 받아들인 형태가 되긴 했지만—— 그에게 흑심이 없다는 것은 잘 알고 있다.

내 몸을 배려해주기 때문에 나온 결단이었고, 나도 탓군이 다시 감기에 걸리게 되는 사태는 피하고 싶었다.

서로가 상대방을 염려하여 가장 합리적인 행동을 취했을 뿐.

이성적인 부분에서는 제대로 알고 있다.

하지만.

논리로는 어떻게 할 수 없는 부분이…… 생각을 휘저어놓고 가슴을 빠르게 뛰게 했다.

호텔에 들어온 뒤로 계속 심장이 시끄러울 정도로 난리를 피우고 있다.

"기…… 기다렸지?"

샤워를 마친 후 옷을 갈아입고 욕실에서 나왔다.

방 안에서는 그가 내 옷을 드라이어로 말리고 있었다. 욕실에서 벗은 후에 밖에 내놓았던 옷을 꼼꼼하게 말려주고 있다.

"고마워, 탓군. 나머지는 내가 할 테니까 빨리 들어가."

"네……. 하지만 아직 조금 젖었……."

돌아본 탓군은 어안이 벙벙해진 듯 굳어버렸다.

아마── 내 모습 때문이다.

호텔에 어메니티로 놓여있던 하얀 가운.

갈아입을 옷이 없었기 때문에 이걸 입을 수밖에 없었다. 속옷도 흠뻑 젖었으니 가운 아래에는 아무것도 입지 않았다──.

"……아, 아이참. 그만 봐! 너무 쳐다보잖아, 탓군."

"으앗……. 죄, 죄송합니다. 그, 너무 자극적이라서……."

"~~! 어, 어쩔 수 없잖아! 달리 입을 게 없으니까!"

아아, 진짜 싫다…… 창피해. 얼굴에서 불이 나는 것 같아. 어쩔 수 없는 상황이라고 해도 속옷도 안 입은 채 얇은 가운 하나만 걸치고 탓군 앞에 서 있다니.

이런 건 거의 알몸이나 마찬가지잖아……!

"저기…… 그럼 저는 샤워하고 오겠습니다."

"응. 나는 미우에게 전화할게. 그, 음…… 오늘은 못 돌아간다고."

"……부탁드립니다."

내 어색한 말에 탓군도 어색하게 대답한 뒤, 갈아입을 가운을 준비해놓고 욕실로 들어갔다.

"……하아."

혼자 남은 나는 소파에 쓰러지듯 걸터앉아 성대한 한숨을 쉬었다.

"어, 어쩌지……. 설마 탓군과 외박하게 되다니……!"

그것도——하필이면 러브호텔에서.

뭐가 어떻게 어긋나면 이렇게 황당무계한 시추에이션에 빠지게 되는 걸까?

"괘, 괜찮아! 탓군은 절대 아무 짓도 안 한다고 했으니까……. 응, 탓군이라면 믿을 수 있어! 괜찮아, 괜찮아. 아무 일도 없어, 아무 일도 없어……."

불안한 나머지 혼자 크게 소리치는 나였다.

"……아차. 맞다, 전화."

스마트폰을 꺼냈다.

미우에게 전화를 걸자 바로 연결되었다.

심호흡을 한 번 한 다음 냉정하게, 침착하게, 절대 오해하지 않도록 지금 상황을 세심하게 전달——물론 러브호텔이라는 부분은 숨겼다.

"——응, 미안해. 그래서 오늘 저녁은 혼자 먹어. 아마 냉동실에 닭튀김 있을 테니까 대충……. ——아, 아니야. 무슨 소리니! ——그런 게 아니야, 정말 어쩔 수 없었다고! ——무슨 연속 외박이야! ——아, 아아, 아니, 아니야, 무, 무슨 소리야……?! 진짜, 완전히, 평범한 호텔이라고! 정말 평범한 호텔! 너무 평범하게 깜짝 놀랄 만큼 평범해! ——이름?! 호텔 이름은, 그게…… 앗, 배터리 아슬아슬하다. 미안해, 잘 자!"

억지로 통화를 끊었다.

후우. 간신히 얼버무렸…… 을까? 으음, 아아, 모르겠다. 생각하기 싫어. 일단 오늘은 돌아가지 못한다는 것만은 전했으니까 목표 달성인 걸로 하자.

"으음, 다음은…… 그래. 탓군의 옷도 말려줘야지. 탓군은 내 옷만 우선시하느라 자기 옷은 방치했잖아."

드라이어를 들고 말리던 도중이었던 내 옷과 함께 탓군이 욕실에서 밖에 내놓은 옷도 말렸다.

도중에—— 그가 욕실에서 나왔다.

물론 나와 같은 가운 차림으로.

아마 속옷도 안 입고, 하얀 옷감 한 장만 걸치고 있을 뿐——.

"……아야코 씨도 너무 쳐다보시는 거 아니에요?"
"~~! 아, 안 봤어. 안 봤어!"
쑥스러워하면서 지적하는 말에 허둥지둥 시선을 피했다. 으으, 실수했다. 깜빡 응시하고 말았다. 살짝 벌어진 가슴팍에 주목해버리고 말았다. 절실히 의식해버렸다.
거의 알몸이나 마찬가지인, 서로의 옷차림을——.
"저도 말리는 거 도와드릴게요."
"……으, 응."
둘이서 옷 말리기 작업을 계속했지만 나는 그를 직시할 수 없었다. 탓군 쪽도 얼굴을 붉히고 침묵한 상태다.
아아, 안 돼. 이 분위기는 위험해.
끙끙 앓다가…… 현기증이 날 것 같아.
어떻게든 분위기를 바꾸기 위해 나는 시선을 이리저리 움직였지만—— 그러다 더 끙끙 앓게 되는 것을 발견하고 말았다.
어어.
우와…….
왜, 왜 여기에 이런 게 있지……?
"왜 그러세요?"
"앗, 그게…… 이게 보여서."
당황하면서도 나는 세면대에 놓여있던 플라스틱병을 들었다.
손바닥 사이즈의 그것은——.

라벨에 큰 글씨로 'LOTION'이라 적혀있었다.

"아, 아하하……. 역시 러브호텔이네. 이런 곳에 로션이 떡하니 놓여있다니."

"어…… 아니, 그건."

탓군은 몹시 민망하다는 듯 말했다.

"그거…… 얼굴에 쓰는 로션일 거예요."

"……어?"

"아마 아야코 씨가 상상하는 로션은 아니지 않을까요……."

"…………어어어어?!"

머리를 망치로 얻어맞은 듯한 충격.

당황하며 라벨을 재확인하자, 세세한 성분표가 적힌 표면에 일본어로 작게 '화장수'라 적혀 있었다.

우와아.

시, 실수했다! 치명적인 실수를 저질렀어! 엄청 민망한 착각을 해버렸잖아!

치욕스러운 나머지 절망에 빠지는 나였으나,

"……푸흡."

탓군이 웃음을 터트렸다.

"아니, 죄송합니다. 안 웃었어요. 안 웃었…… 큽, ……흐흐흡."

"뭐야……, 그, 그렇게까지 웃을 거 없잖아!"

"죄송합니다……. 하지만 웃겨서요. 보통 그런 걸 착각하나요?"

"으윽……! 어, 어쩔 수 없잖아. 착각한 건 착각한 거야!"

"아무리 러브호텔이라고 해도 세면대에 윤활제용 로션을 놓아두진 않을 거예요."

"그, 그런 건 모르는 거잖아! 세상 어딘가에는 세면대에 윤활제용 로션을 두는 러브호텔이 있을지도 모르고……."

"그러게요. 있을지도 모르죠……. 크큽, 아하하하."

"으~ 그만 웃어……! 탓군 너무해……!"

긴장이 풀린 듯 웃는 탓군과 어린아이처럼 토라지는 나였다.

다행인지 불행인지.

로션 사건 이후 분위기가 조금 가벼워졌다.

아직 부끄럽긴 하지만, 어떻게든 평범하게 대화할 수 있게 되었다.

옷을 다 말린 후에는 룸서비스를 시켜 저녁을 먹으며 벽에 붙어있던 커다란 TV를 보면서 시간을 보냈다.

……러브호텔이라고 하면 왠지 모르게 내내 야한 영상을 틀어놓을 것 같은 이미지가 있었지만, 평범한 방송도 볼 수 있었다.

버라이어티며 드라마를 보면서 담소를 나누자 여기가 러브호텔이라는 사실을 잊어버릴 것 같았다.

하지만——.

그런 평온한 분위기는 이윽고 끝을 맺었다.

"……슬슬 잘까요."
11시가 지나자 탓군이 긴장한 목소리로 말했다.
"그래……."
고개를 끄덕였지만, 그 후로 말문이 막혔다.
나와 그의 시선은 힐끔거리며 자꾸만 침대로 향했다.
방 한구석에 진을 치고 있는 커다란 더블침대.
그렇다. 여기는 러브호텔.
당연하게도── 침대는 하나밖에 없다.
그런 건 여기에 들어오기 전부터 알고 있었다.
하지만 우리는 계속 그 문제에서 시선을 돌리고 계속 나중으로 미뤄왔다──.
"아야코 씨, 침대에서 주무세요."
민망한 침묵을 깬 사람은 탓군이었다.
"저는 소파에서 잘 테니까요."
"어……? 아니, 미안한데."
"신경 쓰지 마세요. 애초에…… 아야코 씨를 소파에서 재울 수는 없으니까요. 그랬다간 저는 죄책감 때문에 잠을 못 잘걸요."
"하지만……."
"부탁드립니다."
그 후 몇 번 실랑이를 반복했지만, 결국은 내가 꺾이게 되었다.
각각 오늘의 침상에서 간단히 잘 준비를 한 후 머리맡에 있는 패널을 조작해…… 악전고투하면서 조작한 끝에 실내의 불빛을 제일 약하게 조절했다.

"그럼 안녕히 주무세요."

"자, 잘 자……."

인사를 마치고 각자 자리에 누웠다.

나는 넓은 침대에서, 탓군은 좁은 소파에서.

"…………."

당연하게도── 잘 수 없었다.

'러브호텔에서 하룻밤'이라는 시추에이션에 긴장한 것도 있겠지만, 그 이상으로 탓군이 걱정이었다.

힐끔 시선을 주었다.

그는 좁은 소파에서 다리를 접고 불편한 자세로 누워있었다. 역시 자기 좋은 곳이 아닌 건지 몸을 꼼지락거리고 있다.

"……잠이 안 와?"

"아……, 죄송합니다. 시끄러웠나요?"

"아니. 시끄러운 건 아닌데…… 자기 불편해 보여서."

"괘, 괜찮습니다. 그렇게까지 힘든 건 아니니까요……. 뭐, 정 안되면 하룻밤 정도는 자지 않아도 괜찮고요."

밝게, 애써 밝은 목소리로 말한다. 그게 나를 배려하는 행동이라는 건 명백했다. 그의 다정함은 기쁘지만, 그 이상으로 마음이 아팠다.

"……탓군."

어느새 나는 입을 열고 있었다.

"호텔에 들어오기 전에 말했지? 절대 아무 짓도 안 한다고."

"네……? 아, 네."

"긴급사태니까 여기로 피난했을 뿐, 뭔가…… 그, 흑심이 있다거나 그런 건 아니지?"

"다, 당연하죠."

"……응. 나도 믿어. 탓군에겐 흑심이 없다고. 절대 아무 짓도 안 한다고 약속한 건 거짓말이 아니라고."

'그러니까' 하고 말을 이었다.

믿어지지 않을 만큼 빨라지는 심장 박동을 느끼면서, 나는 몸을 덮고 있던 이불을 살짝 들어 올렸다.

"같이 자자."

그 후 몇 번 실랑이를 벌인 후, 최종적으로는 탓군이 꺾여서 둘이 함께 더블침대에서 자기로 했다.

물론 연인처럼 딱 달라붙어서 자진 않는다. 같은 침대, 같은 이불을 공유한다고 해도 침대의 끝과 끝으로 거리를 두고 누워 있다.

둘이 누워도 충분할 만큼 넓은 침대라서 몸은 일절 접촉하지 않았다.

하지만, 그런데도——.

내 심장은 쿵쾅쿵쾅 크게 뛰면서 도통 진정될 기색이 없었다.

"~~!"

어쩌지, 어쩌지, 어쩌지.

같은 침대야. 나 탓군이랑 같은 침대에 누워있어……!

아아, 어째서 이런 일이……. 뭐, 내가 들어오라고 했지만. 내가 내 입으로 같이 자자고 했으니, 내가 당황하는 게 이상하다는 건 알지만…… 으으, 아아.

물론 탓군을 믿는다. 믿긴, 하지만……. 그래도 남자는 어떻게 이성으로 수습이 안 될 때가 있고 그러지 않을까?! 머리로는 알지만 몸을 제어할 수 없게 되는 순간도 있는 거 아닐까?!

하물며 탓군은 나를, ……그, 좋아하니까?

즉 그의 시점에서는 좋아하는 사람과 같은 침대에 누워있는 셈이다. ……그런 시추에이션이면 참지 못하게 될 수도 있는 거 아닐까……?!

게다가 이번엔…… 완전히 내가 먼저 끌어들였다.

만에 하나 그의 하반신이 폭주한다고 해도…… 뭐라 말할 권리가 없다.

심지어 생각해보니—— 우리는 지금 속옷 하나 입지 않았다는 위험한 상태다.

이런 옷차림으로 남자를 침대에 불러들였다가 뭔가 실수가 일어난다고 해도…… 피해자라고 주장하기 어려울 것이다.
무슨 일이 일어난다고 해도── 어쩔 수 없다.
아니…… 딱히 덮쳐주길 바란다거나 그런 건 아니고!
그냥, 그……. 만약 탓군의 하반신이 폭주해버렸을 때, 나에게 거절할 권리가 있는 것일까 하는 갈등이……. 10대라면 모를까 30대라는 나이에 자기가 먼저 침대에 들어오라고 해놓고, 막상 덮쳐지려고 할 때 '그럴 의도는 없었다'는 변명이 과연 통할지 아닐지 의문이…….
하반신.
탓군의 하반신…… 으아아아! 어떡해, 어떡해, 생각났잖아! 지난번에 병문안하러 갔을 때의 일이 생생하게 떠올라버렸어!
파자마 바지의 앞섶을 밀어 올리고 하늘을 향해 우뚝 선 '수컷'의 상징──.
으으……. 안 돼, 안 돼. 이런 생각 하면 안 되는데……. 아아, 영상이 전혀 사라지지 않아. 한 번 의식했더니 전혀 사라져주지 않아~~!
"아야코 씨……."
"히, 히익?!"
등 뒤에서 탓군이 말을 걸었다. 머릿속이 음탕한 영상으로 가득 차 있던 나는 참으로 괴상한 소리를 내고 말았다.
"왜, 왜 그러세요?"

"으으응, 아무것도 아니야."

머릿속 영상을 필사적으로 떨쳐낸 후 나는 애써 냉정한 목소리로 대답했다.

"탓군…… 왜 불렀어?"

"아뇨, 왠지 잠이 안 와서요. 아야코 씨도 깨어 계셨어요?"

"……응. 눈이 쌩쌩해."

"그렇죠?"

"아하하, 잠이 올 리가……."

잠깐 등 뒤를 돌아보자 탓군은 이쪽에 등을 보인 자세 그대로였다. 나도 그에게 맞춰서 한 번 더 반대쪽으로 돌았다.

서로 상대에게 등을 향한 채로 우리는 말을 나눴다.

창밖에선 아직 비가 내리고 있다. 하지만 역시 러브호텔이라고 해야 할까……. 방음은 잘 되어있는 건지 밖에서 들리는 빗소리는 아주 작았다.

그래서.

작은 목소리로 대화해도── 상대의 목소리가 잘 들린다.

"그러고 보면…… 옛날에도 같이 잔 적이 있었죠."

"그랬지. 미우와 함께 셋이서 잤던가?"

"네. 셋이서, 내 천자 모양으로……."

그리 구체적으로 기억나진 않지만, 몇 번 있었던 것 같다. 탓군이 놀러 왔을 때 미우가 점심을 먹고 꾸벅꾸벅 졸면 '그럼 셋이서 같이 낮잠 잘까?'라며 가벼운 마음으로.

"……옛날에는 평범했었지. 탓군과 같이 자도 아무 생각 없었는데."

하지만── 지금은 다르다.

이렇게 같이 누워있는 게 너무 부끄러워서 견딜 수 없다.

"하아……. 왠지 요즘은 계속 이런 일만 있네."

옛날에는 아무렇지도 않았던 것을 절실히 의식한다.

아앙, 하고 먹여주는 것도, 손을 잡는 것도…… 탓군이 어릴 때는 자연스럽게 할 수 있었던 것인데 지금은 도저히 그러지 못한다.

탓군이 성장한 것도 있지만── 가장 큰 이유는.

그의 마음을 알아버렸기 때문에.

그가 나를 어떻게 보는지, 어떻게 봐 왔는지 알아버렸으니까.

"……죄송합니다."

"어? 왜, 왜 그래? 갑자기."

"저 때문이죠? 제가 고백 같은 걸 하는 바람에 아야코 씨에겐 이래저래 귀찮게 되었으니까요."

"탓군은 잘못한 거 없어. 내가 멋대로 의식해서 당황하는 것뿐이지……."

"사토야도 그런 말을 했어요. '고백은 인간관계를 파괴하는 폭탄'이라고. 실제로…… 그렇다고 봐요. 이제 저희는…… 예전의 관계로는 돌아가지 못하니까요."

"…………."

그럴, 지도 모른다.

우리는 이제 돌아갈 수 없다.

예전의, 그저 사이좋은 이웃사촌으로는.

앞으로 아무리 노력한다고 해도 완전히 원래대로 돌아가진 못할 것이다.

"……후회는 계속 있었어요. 고백하지 말 걸 그랬다고. 제가 고백하지 않았다면 저희는 계속 여태까지처럼 친한 관계로 지낼 수 있었다고……."

'하지만' 하고 탓군이 말을 이었다.

조금 가라앉았던 목소리에 강한 의사를 실어서.

"지금은── 고백하길 잘했다는 마음이 더 커졌어요."

"어……?"

"고백한 덕분에── 지금까지 몰랐던 아야코 씨를 볼 수 있었으니까요."

그건, 정말로 기뻐 보이는 목소리였다.

"제가 고백하는 바람에 아야코 씨는 크게 동요하시고, 난처해하시고……. 그걸 무척 죄송스러워하는 마음도 있지만…… 그래도 '난처해하는 아야코 씨가 귀엽다'는 마음도 조금은 있거든요."

"뭐……? 그, 그런 생각을 했어?!"

"죄송합니다, 생각했어요……."
면목 없다는 듯 말하지만 부정은 하지 않았다.
보, 복잡한 기분……!
난처해하는 게 귀엽다니…… 그, 그게 뭐야?
기뻐해도 되는 건지 화내야 하는 건지 모르겠어…….
"고백한 덕분에 지금까지 본 적이 없었던 아야코 씨를 많이 볼 수 있었고——무엇보다, 아야코 씨가 저를 봐주셨어요. 조금은…… 남자로 의식해주셨죠. 그게…… 무척 기뻐요."
"탓군……."
고백 이후, 우리의 관계성은 확 바뀌었다.
폭탄이 떨어진 것처럼 일변했다.
하지만 그건 결코 나쁜 점만은 아니었다——.
"나, 나도, 기쁜…… 부분도, 있고, 뭐……."
반사적으로 입을 열었다가 어미가 점점 자신감을 잃고 애매모호해졌다.
"탓군에게서 고백받고…… 이런저런 생각을 하고, 이런저런 고민을 하고……. 고생도 많았지만—— 그래도, 고백받지 않는 게 더 나았다는 생각은 안 했어."
"…………."
"나는 둔감하니까…… 고백받을 때까지 계속 탓군의 마음을 눈치채주지 못했잖아. 만약 고백받지 않았다면…… 평생 눈치채지 못하고 끝났을지도 몰라."

마음을 눈치채주기는커녕, 딸과의 연애를 추진하는 형국이었다.

지금 와서 돌이켜보면── 잔인한 짓을 했다.

나를 좋아해 주는 남자의 마음을 알아주지 못하고, 오히려 다른 여자와의 연애를 응원하려고 했으니까.

"그러니까…… 탓군이 고백해줘서 정말 다행이야. 덕분에 탓군의 진짜 마음과 마주할 수 있게 되었으니까……."

나는 말했다.

"고마워, 탓군. 용기를 내어 고백해줘서."

"아야코 씨……."

"그런데…… 미, 미안해. 전혀 대답해주지 못해서……. 내가 우유부단한 탓에…… 어중간한 상태가 되었어."

"아뇨, 신경 쓰지 마세요. 전에도 말씀드렸지만…… 지금 상태로도 충분히 행복하니까요. 대답을 기다리겠다고 정했고요."

"…………."

아아, 탓군은 정말 착한 아이구나.

아니.

착한 아이라고 하면 실례지.

착한 아이가 아니라── 멋진 남자다.

한 명의 남성으로서 무척 매력적이다.

오늘의 데이트나, 타이어 펑크라는 사고에 대응하는 자세, 그리고 호텔에 들어온 뒤에 보여준 태도……. 그 모든 것이 멋있고 든든했으며, 무엇보다도 성실했다.

나를 위하는 마음이 점점 전해지고── 그렇기에 점점 매료된다.

그의 일거수일투족에서 눈을 뗄 수 없다. 곁에 있어도 없어도 탓군 생각만 하게 된다.

"……만약."

나는 말했다.

그와는 반대 방향으로 누운 채, 허공을 향해 혼잣말처럼.

"만약 내가 어렸다면, 더 간단하게 결단을 내릴 수 있었을까?"

그것은── 생각해봐도 소용없는 일이다. 그런 건 안다. 하지만 생각하지 않을 수 없었다.

"내가 탓군과 비슷한 나이였다면…… 동갑내기 대학생이었다면, 이런 식으로 머뭇거리지 않고, 이런 식으로 귀찮게 꼬이지 않고, 더 간단하게──."

만약 내가 더 젊었다면.

만약 내가 아이였다면.

만약 나에게── 미우가 없었다면.

나는 아마 탓군과 사귀었을 것이다.

왜냐하면── 거절할 이유가 아무것도 없다.

고백을 받아들여 사귀고, 누구나 부러워할 법한 행복한 커플이 되었을지도 모른다.

하지만—— 지금의 나는 그렇게 하지 못한다.

어른으로서의 족쇄가 내가 발을 내디디려는 것을 붙잡는다.

——주저하는 이유로 나이를 앞세우기엔, 너는 아직 어리니까.

오이노모리 씨는 그런 말을 했지만…… 그래도, 무리다.

어리지 않다.

저는 이제 어리지 않다고요, 오이노모리 씨.

오직 감정만으로 연애할 수 있는 나이가 아니고——무엇보다 나에게는 미우가 있다. 세상에서 가장 소중한 딸이 있다.

아아——.

이런 식으로 '만약'을 가정하는 것만으로도…… 나 자신이 한심해진다. '만약 미우가 없었다면' 이라니, 그런 건 상상으로도 싫다. 미우를 방해꾼으로 여기는 것 같아서…… 나 자신에게 화가 난다.

어쩌면.

앞으로 이런 상상을 하는 순간이 더 늘어나는 걸까?

탓군과의 관계가 깊어질수록, 나는 미우를——.

"으음. 글…… 쎄요?"

잠시 침묵이 흐른 후, 탓군이 말했다.

내 독백 같은 자조에 대한 답을.

"생각해본 적도 없어요. 아야코 씨가…… 더 어렸다면, 같은 건."

"어? 그랬, 어?"

"반대는 여러 번 있었지만요. 제가 좀 더 나이가 많고 어른이었다면 아야코 씨에게 걸맞은 남자가 될 수 있었을까…… 같은 거. 하지만── 아야코 씨가 어렸다면 같은 가정은 한 번도 생각해본 적이 없어요."

탓군은 말을 이었다.

"왜냐하면, 제가 좋아하게 된 건── 미우의 어머니로 살아가는 아야코 씨니까요."

"…………."

"언니 부부의 아이였던 미우를 거두고 한없는 애정을 쏟아부으며 키우는 아야코 씨를 좋아하게 되었거든요. 그러니까…… 만약 아야코 씨가 더 어렸다면── 같은 대학에 다니는 동기로 만났다면…… 아마 좋아하지 않았을 거예요."

"…………."

"앗! 아뇨, 대학생 아야코 씨도 물론 매력적일 거라고 생각하지만요! 하지만 으음, 뭐라고 해야 하지……."

"…………."

허둥대는 탓군에게 나는 아무 말도 할 수 없었다.

왜냐하면.

눈물을 참느라 필사적이었으니까.

아아——.
그런가. 그렇구나.
나는 왜 이런 시시한 일로 불안해했을까?
지금 나를 좋아한다고 말해주는 남자아이는—— 아테라자와 타쿠미잖아.
지난 10년, 누구보다 내 곁에 함께하면서 누구보다 나를 지지해준 소년.
그리고—— 누구보다 나를 지켜봐 온 상대.
충동적인 감정만으로 사랑을 호소하는 게 아니다. 나의 모든 것을 알고, 모든 것을 받아들이고, 그럼에도 '좋아한다'고 소리 높여 외쳐준다.
한순간이라도 미우를 방해꾼으로 가정했던 내가 정말로 창피하다.
탓군은—— 그런 생각은 조금도 하지 않았는데.
딸의 존재를 방해라고도, 장벽이라고도 여기지 않고 나라는 여자의 인생의 일부라고 생각해준다.
전부 다 합쳐서 받아들이려고 해준다——.
"……후후."
눈물을 참은 후엔 자연스럽게 미소가 흘러나왔다.
"그렇다는 건 역시, 탓군은 성숙녀 취향인 거구나."
"네?! 아뇨, 그런 이야기가 아니라——."

"후후. 농담이야."

웃어넘기듯 말한 후 나는 천천히 몸을 돌렸다.

침대 반대편에는 그의 넓은 등이 보였다.

딱히 나에게 등 페티시즘이 있는 건 아니지만…… 보고 있으니 가슴이 두근거렸다.

얼굴이 뜨거워지고 머리가 몽롱해진다.

"이, 있잖아, 탓군."

터질 것 같은 심장 박동을 느끼면서 입을 열었다.

"조금…… 춥지 않아?"

"네……? 괘, 괜찮으세요? 역시 몸이 식은 건가……? 프런트에 전화해서 이불을 더 가져와달라고——."

"아, 아니! 아니야! 그 정도는 아니야!"

예상했던 것보다 더 고지식한 반응에 허둥지둥 그를 말린 후 말을 이었다.

"춥다고 해도…… 아주 조금이야. 아마…… 이, 이불이 떠서 그런 것 같거든, 우리 사이에 공간이 있으니까 움직일 때마다 이불 밑으로 찬 공기가 들어와서…… 그, 그러니까."

나는 말했다.

왜 내가 이런 말을 하는 건지 전혀 알지 못한 채.

"그쪽에 가도 돼?"

"네……?"

"싸, 쌀쌀하니까 어쩔 수 없잖아. 붙어서 자는 게 둘 다 쾌적하게 잘 수 있을 거야. 진짜, 그런 것뿐이고…… 다른 뜻은 전혀 없고……."

"저는…… 괘, 괜찮은데요."

"……그, 그래? 그럼…… 실례, 합니다."

이불 속에서 꼼지락꼼지락 움직여 탓군 쪽으로 다가갔다.

당장에라도 심장이 터질 것 같았지만, 그래도 조금씩——.

물론 붙어 잔다고 해도, 찰싹 밀착하는 수준은 아니다.

손이나 다리가 아주 조금 닿는 정도.

고작 그것뿐인 접촉인데도 상대방의 체온을 생생하게 느끼는 바람에—— 몸이 믿어지지 않을 만큼 뜨거워졌다.

"……확실히 붙으니까 따뜻하네요."

"응……. 앗, 하지만 탓군은 이쪽 돌아보면 안 돼. 계속 그쪽 보고 있어."

"왜요……?"

"아무튼!"

왜냐하면—— 보여줄 수 없으니까.

지금의 내 얼굴을 보여줄 수는 없다.

이런…… 부끄러울 정도로 들떠서 설레는 여자의 얼굴은——.

그의 등에 살며시 손을 올렸다.

크고, 넓고, 따뜻한 등.

신기한 기분이었다.
가슴은 크게 뛰고 있는데, 마음은 무척 평화로웠다.
안온함으로 가득한 온기가 몸과 마음을 감쌌다.
어느새 나는 무척 행복한 기분에 잠겨 천천히 잠들었다.

엄마
딸이 아니라 나를 좋아한다고?!

에필로그

♥

다음 날 아침――.

"탓군, 졸려 보이는데……. 별로 못 잤어?"

"……네, 뭐. 결국 거의 못 잤거든요."

"그렇구나. 역시 익숙하지 않은 환경이면 자기 힘들지."

"뭐…… 거의 아야코 씨 때문이었는데요."

"……어?"

"아야코 씨, 잠버릇이 나쁘더라고요."

"지, 진짜?! 내가 걷어차고 그랬어?!"

"아뇨, 절 차지는 않았는데…… 더웠던 건지 이불을 걷어차시더라고요."

"어……?"

"이불이 날아가니까 아래쪽은 가운 한 겹밖에 안 걸치셨으니 여기저기가 좀 그랬거든요……."

"어? 어?"

"그래서 저는 밤새 아야코 씨에게 이불을 덮어드리는 일을 했다고나 할까."

"그, 그런 일이……. 자, 잠깐만! 여기저기 좀 그랬다니…… 나 어떤 상태였던 거야?! 어떤 추태를 보인 거야?!"

"괘, 괜찮아요. 가까스로 이성을 동원해서 사진만큼은 찍지 않았으니까요!"

"그게 어디가 괜찮다는 거야?!"

그런 즐거운 대화를 하면서 러브호텔 고유의, 출입구에 있는 정산기에서 계산을 마친 후 우리는 밖으로 나왔다.

만약을 위해 따로따로 호텔에서 나온 후, 중간에 합류해 함께 버스에 탔다.

비는 이미 말끔하게 그친 날씨였다.

집에 돌아간 후엔 약속했던 대로 탓군이 토모미 씨의 차를 빌려서 나를 카센터까지 바래다주었다.

타이어 교환이 끝난 차를 회수하러 다녀오자——드디어 일단락이 난 느낌이 들었다.

노도와도 같은 전개가 연발했던 첫 데이트였지만, 가까스로 끝을 맞았다.

그런 줄 알았는데——.

"……에헤헤."

"뭐야 엄마……. 징그러우니까 혼자 실실거리지 마."

그날 밤. 부엌에서 저녁 식사를 준비하고 있었더니 거실 소파에 앉아있던 미우가 기가 막힌다는 목소리로 말했다.

"어……? 나, 나 웃었어?"

"웃었어. 집에 돌아온 뒤로 계속 그러던데……. 타쿠 오빠와의 데이트가 그렇게 즐거웠어?"

"무슨……! 아, 아니야. 무슨 소리니? 지금 이건 그냥 재미있는 게 떠올라서 웃은 거고, 탓군과는 전혀 상관없는 거야……."

허둥지둥 변명했지만── 새빨간 거짓말이었다.

사실은 계속 탓군 생각만 했다.

어제…… 라고 해야 하나, 오늘 아침까지 이어진 데이트를 떠올리고는 행복해서 가슴이 벅차오르는 기분이 들었다.

아직 꿈속에 있는 것 같아 현실로 돌아오지 않는다.

그런 들뜬 마음이 표정에 대놓고 드러났던 모양이다. 아아……, 응. 그야 확실히 징그럽겠네. 계속 혼자 실실 웃고 있었다니…….

"뭐, 첫 데이트에 바로 아침 귀가를 해버렸으니 말이지. 들뜨는 것도 어쩔 수 없나."

"그, 그러니까 들뜬 적 없……."

"엄마……. 동생 생기면 내가 이름 지어줘도 돼?"

"너무 성급하잖아! 그러니까 몇 번을 설명해야 하는 거야. 우리는 아직 그런 건──."

"아직?"

"~~?! 아, 아니, 아니야! 지금 그건 그냥 헛나온 거야! 아, 아무튼 아무 일도 없었어!"

필사적으로 결백을 주장하는 나였다.

미우는 쿡쿡 웃은 뒤,

"하지만 정말로 아무런 진전이 없었던 건 아니잖아? 적어도 다음 데이트 약속 정도는 잡지 않았겠어?"

라고 물었다.

"그건…… 했, 지만."

"오오, 그렇구나. 다음엔 어디 가는데?"

"아직 몰라……. 다음에도 아마 탓군이 생각해올 거야."

"흐응? 그렇구나. 다음엔 엄마가 생각해보지?"

"어, 어째서? 그건 이상하잖아."

"뭐가 이상한데?"

"그야."

나는 말했다.

"탓군이 날 좋아한다고 했으니까."

말한 뒤에── 어라? 하고 의문을 느꼈다.

뭔가 이상한 느낌이 든다.

어째서인지── 무척 거만한 소릴 해버린 느낌이 든다.

틀린 말…… 을 한 건 아니다.

내 쪽에서 먼저 데이트를 신청할 수는 없다.

그랬다간── 좋아한다고 말하는 거나 마찬가지니까. 고백에 OK라는 대답을 돌려두는 셈이니까. 무엇보다 내 쪽에서 데이트 신청이라니…… 너무 부끄러워서 불가능하다.

그러니 탓군이 신청하는 게 자연스러운── 어라?

그게 자연스러운 건가?
그걸 자연스러운 거라고 생각해도 되는 건가?
문득 오이노모리 씨의 말이 뇌리를 스쳤다.

——카츠라기가 고민할 필요는 전혀 없어. 고민하는 건 상대방이 할 일이고, 너는 태평하게 상대의 에스코트를 기다리면 그만이야.
——연애의 주도권은 늘 네 손에 있어.
——생각하기에 따라서는 최고로 즐거운 상황이잖아. 가만히 있으면 저쪽에서 적극적으로 어프로치해줄 테지. 사귈지 말지는 네 마음에 달렸고.
——젊은 남자가 보내는 풋풋한 구애를 자신의 손바닥 위에서 굴리며 노는 거나 마찬가지야. 어느 의미 수많은 여자가 꿈꾸는 시추에이션이라고 본다만?

나는 그 말을 부정했다.
그런 비겁한 짓은 할 수 없다고.
도망치지 않고 그와 마주 보고 싶다고.
그렇게 단호하게 부정——했었는데.
지금의 나는 어떻지?
데이트가 너무 즐거웠던 탓에 잔뜩 들떠선, '다음 데이트는 어디에 데려가 줄까?'라며 그가 어프로치하는 걸 기대하며 두근거려 하다니.

결국 그건 오이노모리 씨가 말했던, '젊은 남자의 풋풋한 마음을 가지고 논다'는 행위와 전혀 다를 것 없지 않을까――?

이상하다. 어째서?

나는 그의 마음을 전부 제대로 받아내려고 했던 것뿐인데.

"흐응. 아, 그래?"

생각에 잠긴 내 귀에 진심으로 시시하다는 목소리가 울렸다.

"뭔가……. 결국―― 데이트는 실패했나."

실망한 듯, 단념하듯이 미우가 말했다.

실패?

뭐가―― 실패인 거지?

우리의 데이트는 이보다 더 좋을 수 없을 만큼 대성공이었을 텐데.

"하아. 이제 됐어. 관둘래. 관둘 거야."

혼란에 빠진 나를 두고 미우는 혼자서 자포자기하는 말투로 중얼거렸다.

그리고는 소파에서 벌떡 일어나 이쪽을 향해 걸어왔다.

조용한 발걸음으로, 천천히 다가왔다.

"엄마. 나 역시 두 사람을 응원하는 거 그만둘래."

미우는 말했다.

투명한 눈으로, 나를 똑바로 응시하면서.

"내가 타쿠 오빠랑 사귈 거야."

처음에는 무슨 말을 들은 건지 알 수 없었다.
뇌가 말을 받아들이지 못했다.
하지만 점점 스며들듯이, 머리가 이해해가기 시작했다.
마음속 이면까지 간파하는 듯한 눈빛이 나에게서 현실도피를 허락하지 않았다——.
"아무리 시간이 지나도 구질구질하게 굴고. 엄마 같은 아줌마에게 타쿠 오빠의 순애는 짐이 무거웠다는 거잖아? 그럼…… 이제 됐어. 무리하지 않아도 돼. 엄마가 필요 없다면—— 내가 가져갈래. 내가 타쿠 오빠를 행복하게 해줄게."
"……무, 무슨, 소리야……?"
말이 제대로 나오지 않았다.
미우는 한 걸음씩 거리를 좁혔다.
강한 의지를 숨긴 안광과 도발적으로 일그러진 입꼬리.
처음이었다.
미우의 이런 얼굴을 보는 건 지난 10년 동안 처음이었다.
내가 모르는 딸이 이곳에 있다.
"아, 그러고 보면 엄마가 계속 그랬지? 나와 타쿠 오빠가 사귀면 좋겠다고. 나와 타쿠 오빠가 결혼하는 게 엄마의 꿈이라고."

"…………."

"잘됐네. 꿈이 이뤄질 거야."

미우가 웃었다.

밝게, 즐겁게 웃고 있다.

"있잖아, 엄마."

눈앞까지 다가온 미우가 말했다.

도전하듯이, 시험하듯이, 품평하듯이.

마음속 아주 깊은 곳까지 들여다보듯이.

"날 응원해줄 거지?"

딸의 부탁을── 아니.

선전포고를 받은 나는.

나는──.

후기

제가 10대 학생이었던 시절, 20대인 사람은 무척 어른으로 보였습니다. 30대는 완전히 어른 중의 어른이었죠. 세간이나 회사에 대해서 뭐든 다 알고, 망설임도 걱정도 없이 조용히 인생을 걸어가는 사람. 게임으로 비유하자면 '최종 보스도 히든 보스도 쓰러뜨렸으니까, 앞으로 해야 할 일이라면 만렙 찍기 정도?'라거나, 그런 게 30대의 이미지였습니다. 하지만 막상 제가 그 나이가 되니까…… 전혀 그렇지 않더라고요. 망설임과 실패의 연속이고, 생각했던 것만큼 인생을 잘 살지도 못하고. 최종 보스도 히든 보스도 쓰러뜨리지 못한 채 레벨링만 하다가, 오히려 반대로 '어라? 레벨 떨어졌나?'라고 생각하게 될 때도 있었습니다. 인생은 30대가 된 정도로는 전혀 클리어할 수 없더라고요. 하지만 반대로 말하자면—— 슈퍼 포지티브하게 말하자면, 몇 살이 되어도 보람이 넘쳐난다고 할 수 있겠군요. '청춘이란 인생의 어떤 기간이 아니라 마음가짐을 뜻한다'. 자신의 마음가짐에 따라 사람은 몇 살이 되어도 청춘을 즐길 수 있다. 뭐…… 그 마음가짐이 세상에서 제일 제어하기 어려운 것이기도 하기에 인생이 어려운 거지만요.

뭐 그런 이야기를 하며 인사드립니다, 노조미 코타입니다.

30대 싱글맘과의 순애 러브코미디, 제2탄. 1권에서는 엉거주

춤하게 물러나 있던 엄마가 조금 앞으로 나아가, 둘이서 러브러브 아우라를 뿜어내는 2권이었습니다. 에필로그에서 조금 불길한 느낌이 되었지만, 1권의 후기에서 쓴 작품의 방침에는 거짓말을 안 했으니까요. 하렘물이 아닌 일대일 러브코미디. 이제부터 카츠라기 모녀가 어떻게 움직이는가……. 부디 3권도 읽어주시면 좋겠습니다.

갑작스러운 공지. 엄마좋아의 만화화가 벌써 결정되었습니다! 연재 매체는 영 애니멀 등으로 유명한 하쿠센샤의 만화 어플리케이션, '만화 Park'입니다. 놀랍게도…… 1권 발매일에 만화 오퍼를 받았습니다. 감사하기 그지없네요. 속보는 전격 문고나 제트위터 등으로 그때그때 보고하겠습니다.

이하 감사 인사. 담당자인 미야자키 님. 이번에도 신세졌습니다. 4월 발간엔 절대 못 맞춘다고 생각했지만 몇 번이나 재촉…… 아니, 수많은 응원을 해주신 덕분에 가까스로 맞췄습니다. 기우니우 님. 이번에도 멋진 일러스트를 그려주셔서 감사합니다. 전부 최고지만 표지가 특기 좋았습니다. 말로는 표현할 수 없는 에로틱…… 아니, 매력으로 넘쳐나네요.

그리고 이 책을 읽어주신 독자 여러분께 최대급의 감사를 드립니다.

그럼 인연이 닿는다면 3권에서 만나요.

노조미 코타

딸이 아니라 나를 좋아한다고?! 2

2021년 3월 1일 1판 1쇄 발행

저 자 노조미 코타
일러스트 기우니우
옮 긴 이 현노을
발 행 인 유재옥
본 부 장 조병권
담당편집 정영길
편 집 1 팀 이준환, 정현희
편 집 2 팀 정영길, 김민지, 조찬희
편 집 3 팀 오준영, 곽혜민, 김혜주
편 집 4 팀 성명신
미 술 김보라, 서정원
라이츠담당 김슬비, 한주원
디 지 털 박상섭, 이성호, 최서윤
발 행 처 ㈜소미미디어
인쇄제작처 코리아피앤피
등 록 제2015-000008호
주 소 서울 마포구 토정로 222, 403호(신수동, 한국출판콘텐츠센터)
판 매 ㈜소미미디어
마 케 팅 한민지, 이주희
물 류 허석용
전 화 편집부 (070)4164-3962, 3963 기획실 (02)567-3388
판매 및 마케팅 (070)4165-6888, Fax (02)322-7665

ISBN 979-11-6611-442-7 (04830)
ISBN 979-11-6611-278-2 (세트)